国学经典丛书
名家注评本

西厢记

[元] 王实甫 著

长江出版传媒
长江文艺出版社

图书在版编目（CIP）数据

西厢记 /（元）王实甫著. -- 武汉 ：长江文艺出版社，2019.6（2023.9 重印）
（国学经典丛书. 第二辑）
ISBN 978-7-5702-0423-6

Ⅰ. ①西… Ⅱ. ①王… Ⅲ. ①杂剧－剧本－中国－元代 Ⅳ. ①I237.1

中国版本图书馆 CIP 数据核字(2018)第 102150 号

责任编辑：黄海阔　　　　责任校对：毛季慧
封面设计：新华智品　　　　责任印制：邱　莉　王光兴

出版：长江出版传媒　长江文艺出版社
地址：武汉市雄楚大街 268 号　　邮编：430070
发行：长江文艺出版社
http://www.cjlap.com
印刷：三河市百盛印装有限公司

开本：880 毫米×1230 毫米　1/32　　印张：7.375
版次：2019 年 6 月第 1 版　　2023 年 9 月第 2 次印刷
字数：171 千字

定价：68.00 元

总　序

郭齐勇　武汉大学国学院院长

国学大师钱穆先生曾说“今人率言‘革新’，然革新固当知旧”。对现代人尤其是青年一代来说，缺乏的也许不是所谓的“革新力量”，而是“知旧”，也即对传统的了解。

中国文化传统的源头，都在中国古代经典当中。从先秦的《诗经》《易经》，晚周诸子，前四史与《资治通鉴》，骚体诗、汉乐府和辞赋，六朝骈文，直到唐诗、宋词、元曲和明清小说，在传统经典这条源远流长的巨川大河中，流淌着多少滋养着我们精神的养分和元气！

《说文解字》上说“经”是一种有条不紊的编织排列，《广韵》上说“典”是一种法、一种规则。经与典交织运作，演绎中国文化的风貌，制约着我们的日常行为规范、生活秩序。中国文化的基调，总体上是倾向于人间的，是关心人生、参与人生、反映人生的，当然也是指导人生的。无论是春秋战国的诸子哲学，汉魏各家的传经事业，韩柳欧苏的道德文章，程朱陆王的心性义理；还是先民传唱的诗歌，屈原的忧患行吟，都洋溢着强烈的平民性格、人伦大爱、家国情怀、理想境界。尤其是四书五经，更是中国人的常经、常道。这些对当下中国人治国理政，建构健康人格，铸造民族精魂都具有重要意义。经典是当代人增长生命智慧的源头活水！

长江文艺出版社历来重视中华民族优秀传统文化的传播及普及，近年来更在阐释传统经典、传承核心文化价值、建构文化认同的大纛下努力向中国古典文化的宝库掘进。他们欲推出《国学经典丛书》，殊为可喜。

怎么样推广这些传统文化经典呢？

古代经典和现代读者的阅读习惯及趣味本来有一定差距，如果再板起面孔、高高在上，只会让现代读者望而生畏。当然，经典也不是任人打扮的小姑娘，一味将它鸡汤化、庸俗化、功利化，也会让它变味。最好的办法就是，既忠实于经典的原汁原味，又方便读者读懂经典，易于接受。在这个原则的指导下，《国学经典丛书》首先是以原典为主，尊重原典，呈现原典。同时又照顾现实需要，为现代读者阅读经典扫除障碍，对经典作必要的字词义的疏通。这些必要精到的疏通，给了现代读者一把迈入经典大门的钥匙，开启了现代读者与古圣先贤神交的窗口。

放眼当下出版界，传统文化出版物鱼目混珠、泥沙俱下，诸多出版商打着传承古典文化的旗号，曲解经典，对现代读者尤其是广大青少年认知传承经典起了误导作用。有鉴于此，长江文艺出版社推出的《国学经典丛书》特别注重版本的选取。这套丛书大多数择取了当前国内已经出版过的优秀版本，是请相关领域的名家、专业人士重新梳理的。这些版本在尊重原典的前提下同时兼顾其普及性，希望读者能有一次轻松愉悦的古典之旅。

种种原因，这套丛书必然会有缺点和疏漏，祈望方家指正。

目　录

西厢记五剧第五本 · 182

西厢记五剧第一本[①]

张君瑞闹道场杂剧

楔　子[②]

（外扮老夫人上开）[③]老身姓郑，夫主姓崔，官拜前朝相国，不幸因病告殂[④]。只生得个小姐，小字莺莺，年一十九岁，针黹女工[⑤]，诗词书算，无不能者。老相公在日，曾许下老身之侄，乃郑尚书之长子郑恒为妻。因俺孩儿父丧未满，未得成合。又有个小妮子[⑥]，是自幼伏侍[⑦]孩儿的，唤做红娘。一个小厮儿[⑧]，唤做欢郎。先夫弃世之后，老身与女孩儿扶柩至博陵[⑨]安葬，因路途有阻，不能得去。来到河中府[⑩]，将这灵柩寄在普救寺内[⑪]。这寺是先夫相国修造的，是则天娘娘香火院[⑫]，况兼法本长老，又是俺相公剃度的和尚[⑬]，因此俺就这西厢下一座宅子安下。一壁写书附京师去[⑭]，唤郑恒来，相扶回博陵去。我想先夫在日，食前方丈，从者数百[⑮]，今日至亲则[⑯]这三四口儿，好生伤感人也呵。

【仙吕】【赏花时】[17]夫主京师禄命终，子母孤孀途路穷，因此上旅榇在梵王宫[18]。盼不到博陵旧冢，血泪洒杜鹃红。

今日暮春天气，好生困人。不免唤红娘出来分付他。红娘何在？（旦倈扮红见科[19]）（夫人云）

你看佛殿上没人烧香呵，和小姐闲散心耍一回去来。（红云）谨依严命。（夫人下）（红云）小姐有请。（正旦扮莺莺上）（红云）夫人著俺和姐姐佛殿上闲耍一回去来。（旦唱）

【幺篇】[20]可正是人值残春蒲郡东，门掩重关萧寺中[21]。花落水流红[22]，闲愁万种，无语怨东风[23]。（并下）

【注释】

①全剧共五本二十一折，这是第一本，共四折一楔子。

②楔（xiē）子：戏曲、小说的引子，用来交代情节、介绍人物，元杂剧中的楔子一般指剧目的首曲，同正戏区别开来。王骥德《曲律》有："登场首曲，北曰楔子，南曰引子。"但"引子"仅指一出戏中一套南曲之引首之曲，与"楔子"的作用并不能相提并论。"楔子"本是木匠用来填充木制品空隙使其牢固的木片，元杂剧中的楔子类似于现今戏剧之"序幕"，可使戏剧情节更完整紧凑。楔子一般放在剧首，但也有放在中间的，徐扶明在《元杂剧艺术》（上海文艺出版社，1981 年第 1

版）说："安排在戏前头的楔子，起着'序幕'的作用，对剧情开端，作了必要的简练交代；安排在戏中间的楔子，起着'过场'的作用。"楔子一般用小令，不唱套曲，主唱人也较为灵活。

③杂剧角色分为旦、末、净、杂。正旦为女主角，正末为男主角，正角之外的角色即称"外"，有外旦、外末、外净等。这里指扮演老夫人的外旦。开，即开场。

④告殂（cú）：即死亡。告，告谕，布告。殂，死亡。

⑤针黹（zhǐ）女工：女性所从事的针线、缝纫、刺绣等工作。黹，指刺绣、编结等。

⑥小妮子，元杂剧中一般指婢女，也可以称呼小姑娘，如关汉卿《窦娥冤》第一折张驴儿称呼窦娥为"小妮子"："美妇人我见过万千向外，不似这小妮子生得十分惫懒；我救了你老性命死里重生，怎割舍得不肯把肉身陪侍？"

⑦伏侍：侍候，照料。

⑧小厮（sī）儿：指自家的儿子，男孩，也指年轻童仆。《明成化说唱词话丛刊·白兔记》："你身怀六甲，倘若是女，随娘改嫁，倘若是个小厮儿，好歹收留在此，接取我刘家香火。"

⑨柩（jiù）：装有尸体的棺材。博陵：唐代郡名，在今河北安平县、深县、饶阳、安国等地。博陵崔氏与赵郡李氏、范阳卢氏、荥阳郑氏、太原王氏为隋唐时期五大望族。

⑩河中府：唐时行政区，治所在今山西省永济市蒲州镇，因位于黄河中游而得名。

⑪普救寺：原名永清院，始建年代不详，但据古籍可知，最早隋初已有。

⑫香火院：接受民间供奉、供诵经祈福的庵堂寺庙，一般为个人出资营建。

⑬唐宋时期，若想出家为僧，须有政府发放的承认僧人身份的证明书，称为“度牒”。中唐时期，为补充军需，政府规定不出家者可以买好度牒剃度别人为僧。这里是指崔相国出资购买法本出家的度牒，故而称“俺相公剃度的和尚”。

⑭一壁：一边，也说一壁厢。明《琵琶记·蔡公逼试》：“谁知朝廷黄榜招贤，郡中把我名字保申上司去了；一壁厢已有吏来辟召。”附：寄信。唐·杜甫《石壕吏》：“一男附书至，二男新战死。”

⑮“食前”二句：形容从前家道兴旺，上句是说饮食丰盛，面前一丈之处皆摆满食物；下句是说仆役众多，可达几百人。《孟子·尽心下》：“食前方丈，侍妾数百人，我得志，弗为也。”明沉自征《鞭歌妓》：“老夫衰迈无能，食前方丈，侍妾数十人，当之有愧。”

⑯则：仅，只。

⑰仙吕：宫调名。赏花时：曲调名，属仙吕宫。宫调就是乐律，用以限定声调的高低缓急，表现乐曲的感情色彩。每一宫调下都设有若干支曲子，叫曲调。

⑱旅榇（chèn）：暂时寄放在外的灵柩。明·汤显祖《牡丹亭·闹殇》：“旅榇梦魂中，盼家山千万重。”梵（fàn）王宫：大梵天王所居之宫殿，即佛所居之地，这里泛指佛寺。梵王为大梵天王的简称。佛教把人世间分为欲界、色界、无色界三界。大梵天指第二色界诸天的第三天，其王称为大梵天王。

⑲旦俫（lái）：扮演红娘的小旦。俫，又称俫人，戏中一般扮演仆役。科：戏曲中表示动作的专业用语。

⑳幺（yāo）篇：幺为“後”之简写，幺篇即后篇。元杂剧中同牌的第二支曲子称幺篇。

㉑萧寺：指佛寺。因梁武帝萧衍信佛，建造了很多佛寺，故称佛寺为萧寺。唐李肇《唐国史补》卷中：“梁武帝造寺，令萧子云飞白大书

‘萧’字，至今一‘萧’字存焉。”

㉒红：指落花，李煜《浪淘沙·帘外雨潺》：“流水落花春去也，天上人间。”

㉓闲愁：无端的愁思。李清照《一剪梅》词：“花自飘零水自流，一种相思，两处闲愁。”

第一折

（正末扮骑马引徕人上开）小生姓张名珙，字君瑞，本贯西洛人也[①]。先人拜礼部尚书[②]，不幸五旬之上因病身亡。后一年丧母。小生书剑飘零[③]，功名未遂[④]，游于四方。即今贞元十七年二月上旬，唐德宗即位[⑤]，欲往上朝取应[⑥]，路经河中府，过蒲关上[⑦]，有一人姓杜名确，字君实，与小生同郡同学，当初为八拜之交[⑧]，后弃文就武，遂得武举状元，官拜征西大元帅，统领十万大军，镇守著蒲关。小生就望哥哥一遭，却往京师求进[⑨]。暗想小生萤窗雪案[⑩]，刮垢磨光[⑪]，学成满腹文章，尚在湖海飘零，何日得遂大志也呵！万金宝剑藏秋水[⑫]，满马春愁压绣鞍[⑬]。

【仙吕】【点绛唇】游艺中原[⑭]，脚根无线，如蓬转。望眼连天，日近长安远[⑮]。

【混江龙】向诗书经传[⑯]，蠹鱼似不出费钻研[⑰]。将棘围守暖[⑱]，把铁砚磨穿[⑲]。投至得云路鹏程九万里[⑳]，先受了雪窗萤火二十年[㉑]。才高难入俗人机[㉒]，时乖不遂男儿愿[㉓]。空雕虫篆刻，缀断简残编[㉔]。

行路之间，早到蒲津[25]。这黄河有九曲，此正古河内之地[26]，你看好形势也呵！

【油葫芦】九曲风涛何处显，则除是此地偏[27]。这河带齐梁分秦晋隘幽燕[28]。雪浪拍长空，天际秋云卷[29]；竹索缆浮桥，水上苍龙偃[30]；东西溃九州[31]，南北串百川。归舟紧不紧如何见[32]？却便似弩箭乍离弦[33]。

【天下乐】只疑是银河落九天。渊泉、云外悬[34]，入东洋不离此径穿[35]。滋洛阳千种花[36]，润梁园万顷田[37]，也曾泛浮槎到日月边[38]。

话说间早到城中。这里一座店儿，琴童，接下马者。店小二哥那里[39]？（小二上云）自家是这状元店里小二哥。官人要下呵[40]，俺这里有干净店房。（末云）头房里下，先撒和那马者[41]。小二哥你来，我问你：这里有甚么闲散心处？名山胜境、福地宝坊皆可[42]。（小二云）俺这里有一座寺，名曰普救寺，是则天皇后香火院，盖造非俗：琉璃殿相近青霄，舍利塔直侵云汉[43]。南来北往，三教九流，过者无不瞻仰，则除那里可以君子游玩。（末云）琴童，料持[44]下晌午饭，那里走一遭，便回来也。（童云）安排下饭，撒和了马，等哥哥回家。（下）（法聪上）小僧法聪，是这普救寺法本长老座下弟子。今日师父赴斋去了[45]，著我在寺中，但有探长老的，便记著，待师父回来报知。山门下立地[46]，看有甚么人来。（末上云）却早来到也。（见聪了[47]，聪问云）客官从何来？（末云）小生西洛至此，闻上刹[48]幽雅清爽，一来瞻仰佛像，二来拜谒长老。敢问长老在么？（聪云）俺师父不在寺中，贫僧弟子法聪的便是。请先生方丈拜茶[49]。（末云）既然长老不在呵，不必吃茶。敢烦和尚相引瞻仰一遭，幸甚。（聪云）小僧取钥匙，开了佛殿、钟楼、塔院、罗汉堂、香积厨[50]，盘桓一会，师父敢待回来[51]。（末云）是盖造得好也呵！

【村里迓鼓】随喜了上方佛殿[52]，早来到下方僧院[53]。行过厨房近西、法堂北、钟楼前面[54]。游了洞房[55]，登了宝塔，将回廊绕遍。数了罗汉[56]，参了菩萨，拜了圣贤。

（莺莺引红娘捻花枝上云）红娘，俺去佛殿上耍去来。（末做见科[57]）呀！

正撞著五百年前风流业冤[58]。

【元和令】颠不剌的见了万千[59]，似这般可喜娘的庞儿罕曾见[60]。则著人眼花撩乱口难言，魂灵儿飞在半天。他那里尽人调戏亸著香肩[61]，只将花笑捻。

【上马娇】这的是兜率宫[62]，休猜做了离恨天[63]。呀，谁想著寺里遇神仙！我见他宜嗔宜喜春风面[64]偏宜贴翠花钿[65]。

【胜葫芦】则见他宫样眉儿新月偃[66]，斜侵入鬓云边。

（旦云）红娘，你觑[67]：寂寂僧房人不到，满阶苔衬落花红。

（末云）我死也！

未语人前先腼腆，樱桃红绽[68]，玉粳白露[69]，半晌恰方言[70]。

【幺篇】恰便似呖呖莺声花外啭[71]，行一步可人怜[72]。解舞腰肢娇又软[73]，千般袅娜，万般旖旎，似垂柳晚风前。

（红云）那壁有人，咱家去来。（旦回顾觑末下）（末云）和尚，恰怎么观音现来[74]？（聪云）休胡说！这是河中开府崔相国的小姐[75]。（末云）世间有这等女子，岂非天姿国色乎？休说那模样儿，则那一对小脚儿[76]，价值百镒之金[77]。（聪云）偌远[78]地，他在那壁，你在这壁，系著长裙儿，你便怎知他脚儿小？（末云）法聪，来来来，你问我怎便知，你觑：

【后庭花】若不是衬残红芳径软，怎显得步香尘底样儿浅[79]。且休题眼角儿留情处，则这脚踪儿将心事传[80]。慢俄延[81]，投至到栊门儿前面[82]，刚那了一步远[83]。刚刚的打个照面，风魔了张解元[84]。似神仙归洞天[85]，空馀下杨柳烟，只闻得鸟雀喧。

【柳叶儿】呀，门掩著梨花深院，粉墙儿高似青天。恨天、天不与人行方便，好著我难消遣，端的是怎留连[86]。小姐呵，则被你兀的不引了人意马心猿[87]。

（聪云）休惹事，河中开府的小姐去远了也。（末唱）

【寄生草】兰麝香仍在，佩环声渐远[88]。东风摇曳垂杨线，游丝牵惹桃花片[89]，珠帘掩映芙蓉面[90]。你道是河中开府相公家，我道是南海水月观音现[91]。

"十年不识君王面，恰信婵娟解误人[92]。"小生便不往京师去应举也罢。（觑聪云）敢烦和尚对长老说知，有僧房借半间，早晚温习经史，胜如旅邸内冗杂[93]。房金依例拜纳。小生明日自来也。

【赚煞】饿眼望将穿，馋口涎空咽，空著我透骨髓相思病染，怎当他临去秋波那一转。休道是小生，便是铁石人也意惹情牵。近庭轩，花柳争妍，日午当庭塔影圆。春光在眼前，争奈玉人不见[94]，将一座梵王宫疑是武陵源[95]。（下）

【注释】

①本贯：籍贯，原籍。西洛：即河南洛阳。唐代河南府称西京，治所在洛阳县，故称洛阳为西洛。

②先人：已故的父亲。《史记·平原君虞卿列传》：“辱王之先人。”另多指祖先。

③书剑飘零：指为求取功名而四处漂泊、久游未归。书剑，书籍与宝剑，均为古代文人随身之物。特别是在唐代，文人佩剑之风颇盛，佩剑既代表身份，又象征着尚武精神，如李白少年时即习剑。书剑合一，便是文武双全。飘零，漂泊流浪。

④功名未遂：没有考取功名。遂，成功，如愿。

⑤贞元：唐德宗年号。贞元十七年，即公元801年。德宗是死后的庙号，元杂剧中往往称当朝皇帝亦用庙号。

⑥上朝：指京城。取应：参加科举考试。取，指朝廷开科取士。应，则是指士子应试求取功名。

⑦河中府，在今山西永济市，因地处汾河、黄河之间而得名。蒲关：即蒲津关，是黄河重要的古渡口，在山西永济市西。

⑧八拜之交：指朋友结为异姓兄弟。杜确，唐代确有其人，贞元年间曾任河中尹、河中绛州观察使。

⑨却：副词，再。

⑩萤窗雪案：指刻苦攻读。萤窗，指晋人车胤勤学故事，相传车胤家贫，“不常得油，夏月则练囊盛数十萤火以照书，以夜继日焉”（《晋书·车胤传》）。雪案，指晋人孙康勤学故事，相传孙康家贫，“常映雪读书”。（《文选》李善注引《孙氏世录》）此处引用萤雪典故，说明张生的勤奋，他从夏到冬，一年四季均在刻苦读书。

⑪ 刮垢磨光：刮去污垢，磨出光泽。出自韩愈《进学解》：“爬罗剔抉，刮垢磨光。”比喻学习要用心琢磨，力求精进。

⑫万金宝剑：价值万两黄金的宝剑，即极为贵重的宝剑。秋水：秋水明净清亮，常用来指宝剑的光芒。白居易《李都尉古剑》诗：“湛然玉匣中，秋水澄不流。”这句话意为万金宝剑无法放出光芒，张生用以比

喻自己怀才不遇。

⑬绣鞍：指装饰华美、饰有花绣的马鞍。这句话意为自己前程未卜、满怀愁绪，独自骑在马上。

⑭游艺：指离家在外求学。语出《论语·述而》“志于道，据于德，依于仁，游于艺”，原指沉浸在六艺（礼、乐、射、御、书、数）中，在剧中指辗转游学，即《董西厢》所谓“收拾琴书访先觉，区区四海游学”。

⑮日近长安远：用东晋明帝司马昭典。事见《世说新语·夙惠》及《晋书·明帝纪》，据说司马昭幼聪敏，有一天父亲晋元帝司马睿问他“长安何如日远”，他回答说：“日远。不闻人从日边来，居然可知。”第二天，在群臣宴会上又问他同样的问题，他回答说日近，因为“举目见日，不见长安”。这里是说京城遥远难及，比喻自己求取功名极为艰难。

⑯诗书：本指《诗经》与《尚书》，这里泛指儒家经典著作。经，指经典原文。传，是对经典著作的解释或有关参考资料。

⑰蠹（dù）鱼：蛀虫，蛀蚀书籍、衣物等的小虫。这里比喻自己像蠹鱼一样埋头在书里。

⑱棘（jí）围：科举时代考场的别称。为防止场外喧哗和作弊，在场外围以荆棘，使人不得接近，又称棘院、棘围或棘闱。将棘围守暖，即谓自己认真应考，一直坚持到最后一刻。

⑲铁砚：铁制的砚台。典出桑维翰事，据《新五代史·晋臣传·桑维翰》记载，桑维翰初举进士，主考官因其姓“桑”与“丧”同音而厌恶，没有录取他。有人劝他改用其他方式求仕，他很愤慨，铸了一块铁砚，说“砚弊则改而他仕”。这里用来比喻自己立志攻读、不取功名不罢休的决心。

⑳投至得：直等到，好不容易得到。云路：致身青云之路，比喻仕途。鹏程九万里，大鹏鸟在云中飞行九万里，典出《庄子·逍遥游》：

“北冥有鱼，其名为鲲，鲲之大不知其几千里也。化而为鸟，其名为鹏。鹏之背不知其几千里也，怒而飞，其翼若垂天之云。……鹏之徙于南冥也，水击三千里，抟扶摇而上者九万里，去以六月息者也。”“云路鹏程九万里”表示飞黄腾达、一举登第。

㉑雪窗萤火，即雪案萤窗，指寒窗苦读。

㉒意谓自己才学颇高，不合流俗。入：投合。机：心机、心意。

㉓意谓自己时运不济，志向难以实现。乖：违背。

㉔这两句意谓写诗作文、研究学问，但是却毫无用处。“空”字统率二句。雕虫篆刻，指文章修辞之事，泛指写诗作文。西汉扬雄曾将辞赋鄙薄为“童子雕虫篆刻”，说“壮夫不为也”。“简”，古代供写刻用的竹板；“编”，连接起来的竹筒。断简残编，残缺不全的书籍。《宋史·欧阳修传》：“（修）好古者学，凡周汉以降金石遗文，断编残简，一切掇拾研稽异同。”缀断简残编，本指整理古籍，这里指阅读古籍，研究学问。

㉕蒲津：黄河渡口，在今山西省永济市。即前所谓“蒲关”。

㉖古河内：春秋战国黄河以北地区，相当于今天河南北部、中部地区。

㉗“九曲”二句：黄河的风涛何处最能显现？除非是在这蒲郡一带。则除是：除非是、只有。此地偏：偏偏是这里，正是这里。“偏”字为副词，为押韵置于句末。

㉘带齐梁：指黄河好像一条带子围绕齐、梁。带：围绕。齐，战国时齐国之地，今山东省泰山以北地区；梁，战国时魏国的别称，今河北省大名一带，后魏迁都大梁（今河南省一带），故也称梁。分秦晋：黄河把秦晋之地分割开来。秦，战国时秦国之地，今陕西省；晋，春秋时晋国之地，在今山西省大部及河北省西南地区。隘幽燕：把幽燕之地与中原地区隔绝开来。隘：阻隔。幽燕，今河北省北部及辽宁一带，战国时

属燕国，唐以前属幽州，故名幽燕。

㉙秋云：指白色的浪花，就像天边翻卷的秋云。

㉚苍龙：指用竹索作缆绳的浮桥，就像是仰卧在水上的苍龙。偃，仰卧。

㉛溃：本指河水决堤泛滥，这里是灌溉的意思。这句话是说黄河流经地域之广。

㉜紧不紧：即紧，迅速之意，此处用选择问加重“紧”字的语气。见：显。

㉝弩（nǔ）箭：用机械发射的箭。乍：突然，猛然。

㉞“渊泉”句：就像是深泉悬在云外。渊泉，深泉，一说源泉。句意出自李白《将进酒》“君不见，黄河之水天上来，奔流到海不复回”。

㉟此句意谓黄河进入东边海必须穿过此地。径：指蒲津。

㊱洛阳为古都，多名园名花，尤以牡丹最为著名。苏辙《司马君实独乐园诗》有：“公今归去事农圃，亦种洛阳千本花。”

㊲梁园：即兔园，由汉梁孝王刘武所建，故址在今河南省开封市东南。史载梁孝王“好营宫室苑囿之乐”，曾建兔园，面积达数十里。这里以洛阳、梁园代指广大的黄河流域。

㊳“也曾”句：也曾有海客乘浮槎从黄河到了天上，意谓黄河直通天河，浮槎（chá），木排、竹筏。西晋张华《博物志》卷三曾记载浮槎故事，“旧说云：天河与海通。近世有人居海渚者，年年八月有浮槎去来，不失期”，于是“有奇志”之人便“乘槎而去”，经过十多日，便到了天宫，看到了牛郎、织女。

㊴店小二哥：即二哥，宋元习称店主为大哥，店里的伙计为二哥或小二哥。

㊵下：住店，住下。

㊶撒和：饲喂牲口。驴马劳累后卸去身上的鞍辔喂食、溜达，称为

"撒和"。王国维《观堂林集》卷十六《蒙古札记》引《山居新话》云："凡人有远行者，至巳午时以草料饲驴马，谓之'撒和'，欲其致远不乏也。"者，语尾助词。

㊷福地：道教传说中神仙居住的地方，所谓"洞天福地"。这里指值得游览的地方。宝坊，指寺院。

㊸舍利：梵语音译，意为尸体、身骨，最初指释迦牟尼遗体火化后结成的珠状物，后来高僧火化后结成的珠状物都称为舍利子。其中骨头的凝结物叫白舍利，头发的凝结物叫黑舍利，肉身的凝结物叫赤舍利。贮藏舍利的塔即舍利塔，泛指佛塔。侵：接近。云汉：高空。

㊹料持：料理、准备。

㊺赴斋：参加法会或受邀去做佛事、吃斋叫赴斋。吃斋，指午前、午中之食，《释氏要览》："佛教以过中不食名斋。"又，素食日斋，此为大乘佛教之本意。

㊻山门：佛教寺庙的外门。寺庙一般有三个门，空门、无相门、无作门，故又称"三门"，象征"三解脱门"。立地：站着。地为语助词。

㊼了：完毕。这里指张生与法聪见面寒暄完毕。

㊽上刹：佛寺的尊称，即贵寺、尊寺等。刹：本指佛塔顶部的装饰，也指寺前幡杆，所以用来指称佛寺。

㊾方丈：即住持，这里指住持所居之室。

㊿罗汉堂：传说释迦牟尼弟子中有五百人修成罗汉正果，"罗汉堂"即是安置五百个罗汉弟子塑像的佛殿。罗汉，梵语"阿罗汉"的省称。香积厨：指僧人之厨房。《维摩诘经》记载，上方有国号香积，维摩诘曾于香积如来处，化得众香钵盛满香饭，惠饱众僧，故而以"香积厨"称呼僧家之厨房。

(51)敢待：可能，就要。

(52)随喜：佛家语，本指见人行善做功德，随之而生欢喜之心；也指做事随己所喜，后称参观、游览佛寺为随喜，杜甫《望兜率寺》诗：“时应清盥罢，随喜给孤园。”上方，犹言天界，这里指佛殿，山寺、住持也可称上方。

53下方：下界，人间。这里指普通和尚住的地方。

54法堂：宣讲佛法、做法事的殿堂。

55洞房：本指深邃之室，《楚辞·招魂》：“姱容修态，絙洞房些。”此处指寺庙深处的僧房，即和尚静修的地方。

56数罗汉：旧俗，在罗汉堂中从任意一个罗汉像数起，数到与自己年龄相等的数字时，便可从该罗汉喜怒哀乐的表情中，来预知自己的祸福命运。

57科：即科范，元杂剧术语，表示人物动作、表情，也叫“介”。有时也用来表示舞台效果，如关汉卿《感天动地窦娥冤》第三折之“内作风科”。

58“正撞著”句：正碰上前世的风流冤家。五百年前，是说前生注定。业：有孽、业障意。冤：冤家，本为佛教语，后用指仇敌，也用为对情人的爱称，为爱极的反话。

59颠：漂亮，风流。不剌，语助词，形容“颠”之甚。

60庞儿：脸庞儿。生得风流，长得可喜，为当时习用语。

61调戏：本指戏弄，这里指张生因极端爱慕而情随目视、神魂颠倒。亸（duǒ）：下垂貌。

62的是：确实是。兜率（lǜ）宫：兜率为梵文音译，意为妙足、知足、喜足，充满欢喜的意思。

63离恨天：传说佛教有三十三天，其中离恨天最高，元曲中多指男女相思烦恼的境界，如：“三十三天离恨天最高，四百四病相思病最苦。”（石子章《秦翛然竹坞听琴》第二折）但佛教典籍中所载三十三天，并无离恨天。这里离恨天与上句兜率宫相对，一为痛苦、忧愁，一为欢喜、知足。

㊽此句意谓莺莺像春风一样美丽的脸庞，颦也美，笑也美。春风面，美丽的容貌。杜甫《咏怀古迹》五首之三："画图省识春风面，环珮空归月夜魂。"宜：合适，适宜。

㊾偏，正、恰。花钿（diàn）：镶嵌着珠玉翡翠的首饰。

㊿宫样眉：按宫中流行式样描画的眉毛。刘禹锡《赠李司空妓》："高髻云鬟宫样妆，春风一曲杜韦娘。"

67觑（qù）：看。

68樱桃红绽：樱桃般的红色小口张开，喻莺莺启唇欲言。樱桃常用以形容美女之口。白居易有诗"樱桃樊素口，杨柳小蛮腰"。

69玉粳白露：粳米般光洁如玉的牙齿露出来。玉粳，光洁如玉的粳米，喻齿之光洁。

70半晌恰方言：过了好一会才说话。形容莺莺说话娇软缓慢。

71呖（lì）呖莺声花外啭：黄莺在花丛中宛转鸣叫，这里用来比喻莺莺话音的动听。白居易《琵琶行》有"间关莺语花底滑"。呖呖，声音宛转流利。啭（zhuàn）：鸟宛转地鸣叫。

72可人怜：让人喜欢，让人怜爱。怜：爱。

73解舞腰肢：适宜跳舞的身材、体态。解：会、能、擅长。

74恰：刚才。

75开府：本为古代高官设置府署自选僚属的制度。开府者一般享受宰相待遇，莺父为相国，可开府，故称开府。

76小脚：这里是据后世习俗而言。唐时并无缠足习俗，据《南村辍耕录·缠足》卷十，妇女缠足，应起于南唐李后主之宫嫔窅娘。

77镒：古代计量单位。一镒是二十四两，或说二十两为一镒。百镒言其贵重，非确指。

78偌远地：这么远的。偌：这么，这样，有强调的语气。

⑲残红：落花。底样儿：脚印儿。

⑳脚踪：脚印，足迹。

㉑俄延：拖延。

㉒栊门：向庭院开的门。

㉓那：即“挪”。

㉔风魔：本指精神错乱失常，这里指着魔入迷、神魂颠倒。解元：唐制，考进士的人都由地方解送入试，后遂称乡试第一名为解元，金元时泛指读书人。张解元，乃张生自称。

㉕洞天：道教传说中神仙居住的洞府，洞中与人世不同，别有天地，故名。

㉖端的：到底，究竟。一说真的，确实。

㉗兀（wù）的：指示词，也作“兀底、兀得”，这里兼表惊叹口气。兀的不，意为这怎能不。意马心猿：比喻人的心思散乱，把握不定。

㉘兰麝香：女子身上佩戴香料而散发的香气。兰麝：香料，这里指莺莺佩戴的香物。佩环：莺莺身上所戴之佩玉。

㉙游丝：春天空中飘荡的昆虫所吐的丝，与“情思”谐音。南朝梁沈约《八咏诗·会圃临春风》：“游丝暧如网，落花雰似雾。”

㉚芙蓉：荷花。芙蓉面，常用来形容美女的脸庞。白居易《长恨歌》：“芙蓉如面柳如眉。”

㉛水月观音：即观音。佛经中观音有“三十三身”之说，如杨柳观音、白衣观音、持莲观音、水月观音等。水月观音即为观水中之月的姿态，在三十三身中最美。

㉜婵娟：容貌姿态美好的样子，常用以代指美女。解：会，能够。误人：指使人迷恋而耽误功名进取。

㉝旅邸（dǐ）：旅店。冗杂：杂乱。

㉞争奈：怎奈。玉人：美人。

㊎武陵源：相传东汉时，刘晨、阮肇二人同入天台山采药，迷路求食，入桃花源，偶遇二仙女，邀其到家，成为夫妻，一起生活了半年。等他们回到家中时，其子孙已经过了七世。武陵，在今湖南省常德市。

第二折

（夫人上白）[①]前日长老将钱去与老相公做好事[②]，不见来回话。道与红娘，传著我的言语，去问长老，几时好与老相公做好事？就著他办下东西的当了[③]，来回我话者。（下）（净扮洁上[④]）老僧法本，在这普救寺内做长老。此寺是则天皇后盖造的，后来崩损，又是崔相国重修的。见今崔老夫人领著家眷[⑤]，扶柩回博陵，因路阻暂寓本寺西厢之下，待路通回博陵迁葬。老夫人处事温俭，治家有方，是是非非[⑥]，人莫敢犯。夜来老僧赴斋[⑦]，不知曾有人来望老僧否？（唤聪问科）（聪云）夜来有一秀才，自西洛而来，特谒我师，不遇而返。（洁云）山门外觑著，若再来时，报我知道。（末上云）昨日见了那小姐，到有顾盼小生之意。今日去问长老借一间僧房，早晚温习经史；倘遇那小姐出来，必当饱看一会。

【中吕】【粉蝶儿】不做周方[⑧]，埋怨杀你个法聪和尚。借与我半间儿客舍僧房，与我那可憎才居止处门儿相向[⑨]。虽不能勾窃玉偷香[⑩]，且将这盼行云眼睛儿打当[⑪]。

【醉春风】往常时见傅粉的委实羞[⑫]，画眉的敢是谎[⑬]。今日多情人一见了有情娘，著小生心儿里早痒痒。迤逗得肠荒[⑭]，断送得眼乱[⑮]，引惹得心忙。

（末见聪科）（聪云）师父正望先生来哩，只此少待，小僧通报去。（洁出见末科）（末云）是好一个和尚呵！

【迎仙客】我则见他头似雪，鬓如霜，面如童，少年得内养[16]。貌堂堂，声朗朗，头直上只少个圆光[17]，却便似捏塑来的僧伽像[18]。

（洁云）请先生方丈内相见。夜来老僧不在，有失迎迓[19]。望先生恕罪。（末云）小生久闻老和尚清誉，欲来座下听讲，何期昨日不得相遇。今能一见，是小生三生有幸矣。（洁云）先生世家何郡？敢问上姓大名，因甚至此？（末云）小生姓张名珙，字君瑞。

【石榴花】大师一一问行藏[20]，小生仔细诉衷肠。自来西洛是吾乡[21]，宦游在四方[22]，寄居咸阳[23]。先人拜礼部尚书多名望，五旬上因病身亡。

（洁云）老相公弃世，必有所遗[24]。（末唱）

平生正直无偏向，止留下四海一空囊[25]。

（洁云）老相公在官时浑俗和光[26]。

【斗鹌鹑】（末唱）俺先人甚的是浑俗和光[27]，衠一味风清月朗[28]。

（洁云）先生此一行，必上朝取应去。（末唱）

小生无意求官，有心待听讲。

小生特谒长老，奈路途奔驰，无以相馈——

量著穷秀才人情则是纸半张[29]。又没甚七青八黄[30]，尽著你说短论长，一任待掂斤播两[31]。

径禀：有白银一两，与常住公用[32]，略表寸心，望笑留是幸。（洁云）先生客中，何故如此？（末云）物鲜不足辞[33]，但充讲下一茶耳[34]。

【上小楼】小生特来见访，大师何须谦让。

（洁云）老僧决不敢受。（末唱）

这钱也难买柴薪，不勾斋粮，且备茶汤。

（觑聪云[35]）这一两银，未为厚礼。

你若有主张，对艳妆[36]，将言词说上，我将你众和尚死生难忘。

（洁云）先生必有所请。（末云）小生不揣有恳[37]。因恶旅邸冗杂[38]，早晚难以温习经史，欲假一室[39]，晨昏听讲，房金按月任意多少。（洁云）敝寺颇有数间，任先生拣选。（末唱）

【幺篇】也不要香积厨，枯木堂[40]。远著南轩，离著东墙，靠著西厢。近主廊，过耳房[41]，都皆停当。

(洁云) 便不呵，就与老僧同处何如？ (末笑云) 要恁怎么[42]？

你是必休题著长老方丈[43]。

(红上云) 老夫人著俺问长老，几时好与老相公做好事，看得停当回话。须索走一遭去来[44]。(见洁科) 长老万福[45]。夫人使侍妾来问[46]，几时好与老相公做好事，著看的停当了回话。(末背云)[47]好个女子也呵！

【脱布衫】大人家举止端详[48]，全没那半点儿轻狂。大师行深深拜了[49]，启朱唇语言的当。

【小梁州】可喜娘的庞儿浅淡妆，穿一套缟素衣裳。胡伶渌老不寻常[50]，偷睛望，眼挫里抹张郎[51]。

【幺篇】若共他多情的小姐同鸳帐[52]，怎舍得他叠被铺床。我将小姐央，夫人怏[53]，他不令许放，我亲自写与从良[54]。

(洁云) 二月十五日可与老相公做好事。(红云) 妾与长老同去佛殿看了，却回夫人话。(洁云) 先生请少坐，老僧同小娘子看一遭便来。(末云) 何故却小生[55]？便同行一遭，又且何如？(洁云) 便同行。(末云) 著小娘子先行，俺近后些。(洁云) 一个有道理的秀才。(末云) 小生有一句话说，敢道么？(洁云) 便道不妨。(末唱)

【快活三】崔家女艳妆，莫不是演撒你个老洁郎[56]？

（洁云）俺出家人那有此事？（末）既不沙[57]，却怎睃趁著你头上放毫光[58]？打扮的特来晃[59]。
（洁云）先生是何言语！早是那娘子不听得哩[60]，若知呵，是甚意思！（红上佛殿科）（末唱）

【朝天子】过得主廊，引入洞房[61]，好事从天降。

我与你看著门儿，你进去。（洁怒云）先生，此非先王之法言[62]！岂不得罪于圣人之门乎？老僧偌大年纪，焉肯作此等之态！（末唱）
好模好样忒莽撞。
没则罗便罢，烦恼则么耶唐三藏[63]？
怪不得小生疑你，偌大一个宅堂，可怎生别没个儿郎[64]，使得梅香来说勾当[65]？
（洁云）老夫人治家严肃，内外并无一个男子出入。（末背云）这秃厮巧说！[66]你在我行、口强，硬抵著头皮撞[67]。
（洁对红云）这斋供道场都完备了，十五日请夫人小姐拈香。（末问云）何故？（洁云）这是崔相国小姐至孝，为报父母之恩，又是老相公禫日[68]，就脱孝服，所以做好事。（末哭科云）“哀哀父母，生我劬劳。欲报深恩，昊天罔极[69]。”小姐是一女子，尚然有报父母之心；小生湖海飘零数年，自父母下世之后，并不曾有一陌纸钱相报[70]。望和尚慈悲为本，小生亦备钱五千，怎生带得一分儿斋[71]，追荐俺父母咱[72]。便夫人知，也不妨，以尽人子之心。（洁云）法聪，与这先生带一分者。（末背问聪云）那小姐明日来么？（聪云）他父母的勾当，如何不来？（末背云）这五千钱使得有些下落者！

【四边静】人间天上，看莺莺强如做道场。软玉温香[73]，休道是相亲傍[74]，若能勾汤他一汤[75]，到与人消灾障。

（洁云）都到方丈吃茶。（做到科）（末云）小生更衣咱[76]。（末出科云）那小娘子已定出来也，我则在这里等待问他咱。（红辞洁云）我不吃茶了，恐夫人怪来迟，去回话也。（红出科）（末迎红娘祗揖科[77]）小娘子拜揖。（红云）先生万福。（末云）小娘子莫非莺莺小姐的侍妾么？（红云）我便是。何劳先生动问[78]？（末云）小生姓张，名珙，字君瑞，本贯西洛人也。年方二十三岁，正月十七日子时建生。并不曾娶妻……（红云）谁问你来？（末云）敢问小姐常出来么？（红怒云）先生是读书君子，孟子曰："男女授受不亲[79]，礼也。"君知"瓜田不纳履，李下不整冠[80]。"道不得个"非礼勿视，非礼勿听，非礼勿言，非礼勿动"[81]。俺夫人治家严肃，有冰霜之操[82]。内无应门五尺之童[83]，年至十二三者，非呼召，不敢辄入中堂。向日莺莺潜出闺房，夫人窥之，召立莺莺于庭下，责之曰："汝为女子，不告而出闺门，倘遇游客小僧私视，岂不自耻？"莺立谢而言曰[84]："今当改过从新，毋敢再犯。”是他亲女，尚然如此，何况以下侍妾乎！先生习先王之道，尊周公之礼[85]，不干己事，何故用心？早是妾身，可以容恕。若夫人知其事呵，决无干休！今后得问的问，不得问的休胡说！（下）（末云）这相思索是害也[86]。

【哨遍】听说罢心怀悒快[87]，把一天愁都撮在眉尖上[88]。说“夫人节操凛冰霜，不召呼，谁敢辄入中堂！”自思想，比及你心儿里畏惧老母亲威严[89]，小姐呵，你不合临去也回头[90]儿望。待飏下教人怎飏[91]？赤紧的情沾了肺腑，意惹了肝肠[92]。若今生难得有情人，是前世烧了断头香[93]。我得时节手掌儿里奇擎[94]，心坎儿里温存，眼皮儿上供养。

【耍孩儿】当初那巫山远隔如天样，听说罢又在巫山那厢[95]。业身躯虽是立在回廊[96]，魂灵儿已在他行。本待要安排心事传幽客[97]，我子（其他本作“则”）怕漏泄春光与乃堂[98]。夫人怕女孩儿春心荡，怪黄莺儿作对，怨粉蝶儿成双。

【五煞】小姐年纪小，性气刚。张郎倘得相亲傍，乍相逢厌见何郎粉[99]，看邂逅偷将韩寿香[100]。才到是未得风流况，成就了会温存的娇婿[101]，怕甚么能拘束的亲娘。

【四煞】夫人忒虑过[102]，小生空妄想。郎才女貌合相仿[103]。休直待眉儿浅淡思张敞，春色飘零忆阮郎[104]。非是咱自夸奖，他有德言工貌[105]，小生有恭俭温良[106]。

【三煞】想著他眉儿浅浅描，脸儿淡淡妆，粉香腻玉搓咽项[107]。翠裙鸳绣金莲小[108]，红袖鸾销玉笋长[109]。不想呵其实强，你撇下半天风韵，我拾得万种思量。

却忘了辞长老。（见洁科）小生敢问长老：房舍何如？（洁云）塔院侧边西厢一间房，甚是潇洒[110]，正可先生安下，见收拾下了，随先生早晚来[111]。（末云）小生便回店中搬去。（洁云）既然如此，老僧准备下斋，先生是必便来。（下）（末云）若在店中人闹，到好消遣；搬在寺中静处，怎么捱这凄凉也呵！

【二煞】院宇深，枕簟凉。一灯孤影摇书幌[112]。纵然酬得今生志，著甚支吾此夜长[113]！睡不著如翻掌，少可有一万声长吁短叹[114]，五千遍倒枕槌床[115]。

【尾】娇羞花解语，温柔玉有香[116]。我和他乍相逢记不真娇模样，我则索手抵著牙儿慢慢的想[117]。（下）

【注释】

①白：道白。

②将钱去：拿着钱去。将，拿，持，带着。好事：指佛事。做好事，即超度亡灵的法事活动。

③的（dí）当：妥当、齐备。

④净：杂剧角色名，扮演剧中次要人物，一般由男角扮演，也有由

女角扮演的。此指扮和尚的男角。洁：因和尚头秃而光洁，且僧人戒酒、色，故称僧人为洁郎或杰郎，简称洁，此指法本长老。

⑤见今：即现今。

⑥是是非非：以是为是，以非为非。第一个“是”和第一个“非”字为动词。此句意为崔老夫人能明辨是非。

⑦夜来：昨日。唐时“夜来”有两义，一为“昨夜”，一为“昨日”。此处指后者。

⑧周方：元杂剧习用语，周旋方便之意，即成全别人，给人以方便。

⑨可憎才：爱极的反语，表示亲昵和极爱的感情，意即可爱的人，就像称呼爱人为冤家一样。这里指莺莺。

⑩窃玉偷香：指男女私通。典出两则古代爱情故事。窃玉，故事不详，元杂剧常引用郑生兰房窃玉之事，具体内容待考。偷香，指韩寿与贾充女之事，据《晋书·贾充传》载，晋代贾充之女将司马炎送给贾充的西域奇香，私赠给她所爱的韩寿，后来贾充就将女儿嫁给了他。另《世说新语》刘孝标注：晋郭澄之《郭子》谓与韩寿通者乃陈骞之女，后陈骞女未婚而亡，韩寿另娶贾氏，故传说有误。

⑪行云：指所倾慕的女子。宋玉《高唐赋序》中叙述楚怀王梦见一个女子说：“妾在巫山之阳，高丘之阻，旦为朝云，暮为行雨。朝朝暮暮，阳台之下。”盼行云，意为盼望与美人相会。打当（dàng）：即准备，同“打迭”“打点”。《水浒传》第二十四回：“武大吃了早饭，打当了担儿，自出去做道路。”

⑫傅粉：抹粉、擦粉。傅粉本指三国时魏国玄学家何晏事，据《世说新语·容止》记载，何晏“美姿仪，面至白。魏明帝疑其傅粉，正夏月，与热汤饼。既瞰，大汗出，以朱衣自拭，色转皎然”，人称“傅粉何郎”。但此处指“傅粉的人”，代指美女。委实：确实。

⑬画眉：以黛饰眉。本用张敞之典，《汉书·张敞传》：“（张敞）又

为妇画眉，长安中传张京兆眉怃。有司以奏敞，上问之，对曰：‘臣闻闺房之内，夫妇之私，有过于画眉者。’”后以“画眉”喻夫妻恩爱，此处指“画眉的人”，代指女子。敢是：那就。

⑭迤（yǐ）逗：引惹，逗引。董解元《西厢记诸宫调》卷六：“你试寻思，早晚时分，迤逗得莺莺去，推探张生病。”肠荒：心慌。荒，即慌。

⑮断送：葬送，害人。

⑯内养：指出家人清心寡欲不为七情（喜、怒、哀、乐、爱、恶、欲）所伤，修身养内。

⑰头直上：头顶上。直，指示方位之词。圆光：指佛菩萨头顶上放射的光明圆轮。

⑱僧伽（jiā）：佛教名词，梵文音译，四个以上的出家人结合在一处为僧伽，即僧团之意。后来一个出家人也可称僧伽。这里指法本的相貌长得像得道高僧。

⑲迎迓（yà）：迎接。

⑳行藏：行，出仕；藏，家居。后以行藏指身世经历。《论语·述而》：“用之则行，舍之则藏。”

㉑自来：本来。

㉒宦游：指为求仕而在外游历，也指在各地做官。

㉓寄居：在故乡以外的地方暂居。咸阳：秦代都城，这里代指唐都长安。

㉔遗：留。所遗：遗产。

㉕止：只。四海：古人认为中国四周被海包围，故以“四海”代指全国各地。空囊：囊指皮囊，又称皮袋，指人畜之身躯。四海一空囊，谓自己空余一身，别无财产。

㉖浑俗和光：与世俗混同、不露锋芒、与世无争。浑，混同；和，

协调、一致。语本《老子》："和其光，同其尘，是谓玄同。"

㉗甚的是：何者是，不知道什么是。

㉘衠（zhūn）：真正、尽、全、纯粹。元曲中常见，常与"一味、一片"连用。衠一味，即纯粹是一心一意。风清月朗：比喻人光明磊落，清白纯洁。

㉙这句话意谓穷秀才无可赠送，送礼也只有诗文半张。量著：想着。人情：即送礼。纸半张：比喻既薄又少。

㉚七青八黄：指黄金，所说黄金的成色有七青、八黄、九紫、十赤之分。这里泛指贵重钱财。

㉛一任：任凭，听凭。掂斤播两：计较轻重。与上句"说短道长"互文。

㉜常住：佛家语，意即寺庙或僧人。据《释氏要览》"律有四方僧物，钞言十方常住"，僧人称寺院为常住，也可称僧人为常住。

㉝物鲜（xiǎn）：东西很少。鲜：少。

㉞讲下一茶：聊作茶资之意。讲下，讲席之下，指能讲经说法的僧人。

㉟以下曲白是张生的内心活动。

㊱艳妆：借喻美丽的女子，这里指莺莺。

㊲不揣（chuǎi）有恳：不顾冒昧，有所恳求。揣为量度之意，不揣，不自量，有冒昧意。恳，请求。

㊳恶（wù）：讨厌、厌烦。

㊴假：借。

㊵枯木堂：和尚打坐参禅的房间。因打坐时闭目盘腿而坐，万念俱息，身心都好似枯木一般，故称枯木堂。

㊶耳房：大殿或正房两侧的房屋。

㊷要恁怎么：犹言怎么好这样做。 恁：这样，如此。

㊸是必：势必，一定。题：犹提。

㊹须索：应当，必须。索，也有必须意。去来：去。来：语尾助词，无义。

㊺万福：原为一般祝颂之词，宋元之后，为妇女所行的一种礼节，与人行礼时，以手敛衽，口称“万福”。

㊻侍妾：婢女。这里是自称，也可称人。妾：古代女子自称的谦词。

㊼背云：戏曲术语，又叫背工、背躬，演出时背着其他角色向观众讲述自己的心理活动。

㊽端详：端庄、安详。

㊾行（háng）：用于自称或人称之后，相当于这边、那里，如我行、他行。大师行，即大师这里，大师跟前。下文有“你在我行，口强”“灵魂儿已在他行”等，均为此意。

㊿胡伶渌（lù）老：聪明伶俐的眼睛。胡伶：也作“鹘怜”，灵活，伶俐。渌老：也作“睩老”，眼睛的俗称，一说眼睛转动。

51眼挫：眼角。抹：偷看，斜视，不正眼看。

52同鸳帐：同床共寝，指结为夫妇。鸳帐：绣着鸳鸯鸟的床帐。

53怏：不满，此处意为不同意，不允许。

54从良：妓女赎身嫁人、男女奴婢赎身为平民，都叫从良，此指后者。

55却：拒绝、撇开。

56演撒：勾搭、迷惑。撒，语尾助词。

57既不沙：既然不是这样，要不是这样。沙，语气词，“是呵”的合音。

58睃（suō）趁：看。毫光：佛光，是说佛光像毫毛一样光芒四射。放毫光，此为调侃语，明光锃亮之意。

59特来：特别、不一般。晃：光亮、耀眼，引申为漂亮。

⑩早是：幸亏是。《西游记》第二三回："悟空这泼猴，他把马儿惊了，早是我还骑得住哩！"

⑥洞房：这里是双关语，乃张生故意调侃长老之语。下文的"我与你看着门儿，你进去"，同样也是戏谑长老的幽默之语。

⑫法言：合于礼法之言。先王，指古圣先贤。《孝经·卿大夫章》："非先王之法言不敢道。"

⑬没则罗便罢：没有这事呢就算了。何必烦恼呢？罗：语助词，无义。则么耶：怎么呀。唐三藏：即唐僧玄奘（zàng），号三藏法师，曾往西方天竺国取经。三藏，佛教经典的总称，指经藏、律藏、论藏。此处"唐三藏"意为老佛爷，乃调侃法本语。

⑭儿郎：男儿，此处指男仆。

⑮梅香：丫环的代称。宋元说唱、戏曲中常用"梅香"作丫环名，如《水浒传》第五六回："两个梅香，一日伏侍到晚，精神困倦，亦皆睡了。"

⑯秃厮：对和尚的恶称，犹言秃家伙。厮为对别人的贱称。巧说：花言巧语。

⑰此句意为你在我这里犟嘴，硬着头皮不认账。

⑱禫（dàn）日：举行祭祀，除去孝服之日，一般在父母死后二十七个月进行。

⑲"哀哀"四句：出自《诗经·小雅·蓼莪》，"哀哀父母，生我劬劳……欲报之德，昊天罔极"。朱熹曰："罔，无也；极，穷也。言父母之恩如此，欲报之以德，而其恩之大，如天无穷，不知所以为报也。"哀哀：悲伤不止，是说一想到死去的父母就悲伤不止。劬（qú）劳：父母养育子女的劳苦。昊天罔极：犹言父母恩情深重，像上天那样广大，没有极限。

⑳一陌纸钱：一些纸钱，指很少的钱。陌：计算钱数的单位，百钱

为陌。沈括《梦溪笔谈·辩证二》:“今之数钱，百钱谓之陌者，借陌字用之，其实只是百字，如什与伍耳。”

⑦1怎生：务必设法之意。

⑦2追荐：和尚为死者诵经祈祷而进行的法会、行善等事。咱（zā）：语助词，表示请求、商量等语气。

⑦3软玉温香：这里代指莺莺。

⑦4亲傍：依偎。

⑦5汤（tàng）他一汤：挨他一挨。汤，触、碰、挨、接触。凌濛初曰：“汤，犹言擦着。元人多用之。”

⑦6更衣：上厕所的婉称。这里张生托言更衣离开，想在门外等候红娘。

⑦7祗（zhī）揖：深深地作揖。祗：恭敬。

⑦8动问：即“问”,“动”为发语助词，无义。

⑦9“男女”二句：语出《孟子·离娄上》，是说男女之间不亲手递接东西，这是礼。授：给予。受，接受。

⑧0“瓜田”二句：避免嫌疑的意思。语出《古君子行》:“君子防未然，不处嫌疑间。瓜田不纳履，李下不整冠。”纳履：提鞋。李下：李树之下。整冠：整理帽子。

⑧1道不得个：难道不知道。“非礼”四句：儒家的行为准则。语出《论语·颜渊》，是说不合礼的事不去看，不合礼的话不去听，不合礼的话不去说，不合礼的事不去做。

⑧2操：操行。冰霜：比喻冷酷无情、严厉凛然。

⑧3应门：照看门户。五尺之童：古尺短，故以五尺童泛指儿童。这句话是说院内连一个幼年男子也没有。

⑧4立谢：立即谢罪认错。

⑧5周公之礼：指封建社会遵循的礼教。周公：周文王之子，姓姬名

旦，相传是西周典章制度的制定者。

⑧⑥索：须，应。索是：准定是，必须是。害：害病。这句话意为这相思病肯定会得的。

⑧⑦悒怏：愁闷不乐。

⑧⑧撮（cuō）：聚合。“把一天”句，谓忧愁极深、眉头紧皱。

⑧⑨比及：既然，一说假如，如果。

⑨⓪合：该。

⑨①飏（yáng）：抛掉、丢开。此句意谓即使要丢开莺莺也丢不开。

⑨②赤紧的：真个是，确实是。这二句意谓真个是五脏六腑都被情意牵动了。

⑨③ 断头香：即半截的香。佛教认为，在佛前须烧整支的香，如若烧折断的香，来世必受分离之苦。

⑨④得时节：得到（莺莺）的时候。擎（qíng）：双手上举，这里是“捧”的意思。奇：助音无义。手掌儿里奇擎：捧在手心里，极为珍爱之意。

⑨⑤这两句是说莺莺与自己距离遥远，难以接近。那厢：那边，比巫山还远。有李商隐“刘郎已恨蓬山远，更隔蓬山一万重”之意。

⑨⑥业身躯：张生自怨自骂之语，意思是我这造孽的身子，这是张生想见莺莺而未得所说的话。

⑨⑦幽客：受拘束、不自由的人，这里指深闺之中的莺莺。

⑨⑧春光：比喻消息、内情。乃堂：你的母亲。

⑨⑨乍：“一经”之意。何郎粉：即傅粉何郎，指美男子，这里为张生自指。

⑩⓪韩寿：见前“窃玉偷香”之解。这几句意谓我如果能近得莺莺身旁，她看到我之后肯定会爱上我，不愿再见其他男子，我也会像韩寿一样赢得美人归。

⑩成就了会温存的娇婿：指与莺莺私订终身。

⑩虑过：考虑过甚，多心。

⑩合相仿：理当匹配。相仿：即相当、彼此般配，这里作动词，婚配之意。

⑩不要等到眉毛浅淡了才想找画眉的张敞，不要等到春天快过去了才想到阮郎。这两句意谓，不要错过男女相恋的好时机。

⑩德言工貌：封建时代要求妇女具有的四种品德。工，指女工；貌，指仪容。也作德、言、容、功。

⑩恭俭温良：基本的儒家道德规范。语出《论语·学而》，有人问孔子为什么一到某个国家，就能听到那里的政事，子贡回答说："夫子温、良、恭、俭、让以得之。"

⑩"粉香"句：形容莺莺颈项像粉玉捏成的一样。腻玉：形容肌肤之光洁。咽项：脖颈。

⑩金莲：指女足。《南史·齐东昏侯纪》："又凿金为莲华以贴地，令潘妃行其上，曰：'此步步生莲华也。'"这句话意谓绣着鸳鸯鸟的翠裙盖住了一对玉足。

⑩红袖：美人的衣袖。鸾销：即销鸾，以金色丝线绣鸾凤。销，销金，器物上敷设金色以为装饰谓之销金。玉笋：喻女子手指纤细白润。这句话意谓绣着鸾凤鸟的红袖掩藏着纤细的手指。

⑩潇洒：本指人洒脱无拘束，这里指房子宽敞明亮。

⑪早晚：随时。

⑫书幌：书架上的布幔。这句话形容张生因相思而夜深不寐的样子。

⑬支吾：支持，应付。这句话意谓拿什么来消磨这漫漫长夜呢！

⑭少可：至少，少说。语助词，无实义。

⑮倒枕槌（chuí）床：在床上翻来覆去，形容失眠时烦躁的样子。

⑯这两句是形容莺莺的美丽。花解语见王仁裕《开元天宝遗事·解

语花》："明皇秋八月，太液池有千叶白莲数枝盛开，帝与贵戚宴赏焉。左右皆叹羡久之。帝指贵妃示左右曰：'争如我解语花？'"玉生香见苏鹗《杜阳杂编·玉辟邪》："肃宗赐李辅国香玉辟邪二，各高一尺五寸，工巧殆非人工。其玉之香，可闻数百步。虽镲之于金函石柜中，不能掩其气，或以衣裾误拂，芬馥经年，纵澣濯数四，亦不消歇。"后人多以解语花、玉生香喻美女。

⑪则索：只好，只有。手抵牙：以手托腮状，深思冥想的样子。

第三折

（正旦上云）老夫人著红娘问长老去了，这小贱人不来我行回话。（红上云）回夫人话了，去回小姐话去。（旦云）使你问长老，几时做好事？（红云）恰回夫人话也，正待回姐姐话。二月十五日请夫人、姐姐拈香。（红笑云）姐姐，你不知，我对你说一件好笑的勾当。咱前日寺里见的那秀才，今日也在方丈里。他先出门儿外，等著红娘，深深唱个喏道[①]："小生姓张，名珙，字君瑞，本贯西洛人也，年二十三岁，正月十七日子时建生，并不曾娶妻。"姐姐，却是谁问他来？他又问："那壁小娘子，莫非莺莺小姐的侍妾乎？小姐常出来么？"被红娘抢白了一顿呵回来了[②]。姐姐，我不知他想甚么哩，世上有这等傻角[③]！（旦笑云）红娘，休对夫人说。天色晚也，安排香案[④]，咱花园内烧香去来。（下）（末上云）搬至寺中，正近西厢居址。我问和尚每来[⑤]，小姐每夜花园内烧香。这个花园，和俺寺中合著（他本作"着"）。比及小姐出来[⑥]，我先在太湖石畔墙角儿边等待[⑦]，饱看一会。两廊僧众都睡著了，夜深人静，月朗风清，是好天气也呵！正是：闲寻方丈高僧语，闷对西厢皓月吟。

【越调】【斗鹌鹑】玉宇无尘[⑧]，银河泻影，月色横空，花阴满庭。罗袂生寒，芳心自警[9]。侧著耳朵儿听，蹑著脚步儿行：悄悄冥冥[10]，潜潜等等[11]。

【紫花儿序】等待那齐齐整整[12]，袅袅婷婷[13]，姐姐莺莺。一更之后[14]，万籁无声，直至莺庭[15]。若是回廊下没揣的见俺可憎[16]，将他来紧紧的搂定[17]，则问你那会少离多，有影无形。

（旦引红娘上云）开了角门儿[18]，将香桌出来者[19]。（末唱）

【金蕉叶】猛听得角门儿呀的一声，风过处花香细生。踮著脚尖儿仔细定睛：比我那初见时庞儿越整[20]。

（旦云）红娘，移香桌儿，近太湖石畔放者。（末做看科云）料想春娇厌拘束[21]，等闲飞出广寒宫[22]。看他容分一捻[23]，体露半襟，亸香袖以无言，垂罗裙而不语。似湘陵妃子，斜倚舜庙朱扉[24]；如月殿嫦娥，微现蟾宫素影[25]。是好女子也呵！

【调笑令】我这里甫能见娉婷[26]，比著那月殿嫦娥也不恁般撑[27]。遮遮掩掩穿芳径，料应来小脚儿难行[28]。可喜娘的脸儿百媚生，兀的不引了人魂灵[29]！

（旦云）取香来。（末云）听小姐祝告甚么。（旦云）此一炷香，愿化去先人[30]，早生天界；此一炷香，愿堂中老母，身安无事；此一炷香……（做不语科）（红云）姐姐不祝这一炷香，我替姐姐祝告：愿俺姐姐早寻一个姐夫，拖带红娘咱[31]！（旦再拜云）心中无限伤心事，尽在深深两拜中。（长吁科）（末云）小姐倚栏长叹，似有动情之意。

【小桃红】夜深香霭散空庭，帘幙东风静。拜罢也斜将曲栏凭[32]，长吁了两三声。剔团圞明月如悬镜[33]，又不是轻云薄雾，都则是香烟人气[34]，两般儿氤氲得不分明[35]。

我虽不及司马相如，我则看小姐颇有文君之意[36]。我且高吟一绝，看他则甚：月色溶溶夜[37]，花阴寂寂春。如何临皓魄[38]，不见月中人？（旦云）有人墙角吟诗！（红云）这声音，便是那二十三岁不曾娶妻的那傻角。（旦云）好清新之诗！我依韵做一首。（红云）你两个是好做一首！（旦念诗云）兰闺久寂寞[39]，无事度芳春。料得行吟者，应怜长叹人。（末云）好应酬得快也呵！

【秃厮儿】早是那脸儿上扑堆著可憎[40]，那堪那心儿里埋没著聪明[41]。他把那新诗和得忒应声[42]，一字字诉衷情，堪听。

【圣药王】那语句清，音律轻，小名儿不枉了唤做莺莺。他若是共小生、厮觑定[43]，隔墙儿酬和到天明，方信道惺惺的自古惜惺惺[44]。

我撞出去，看他说甚么。

【麻郎儿】我拽起罗衫欲行，（旦做见科）他陪著笑脸儿相迎。不做美的红娘忒浅情，便做道谨依来命[45]。

（红云）姐姐，有人！咱家去来，怕夫人嗔著。（莺回顾下）（末唱）

【幺篇】我忽听、一声、猛惊，元来是扑刺刺宿鸟飞腾[46]，颤巍巍花梢弄影，乱纷纷落红满径[47]。

小姐你去了呵，那里发付小生[48]！

【络丝娘】空撇下碧澄澄苍苔露冷，明皎皎花筛月影。白日凄凉枉耽病[49]，今夜把相思再整。

【东原乐】帘垂下，户已扃[50]。却才个悄悄相问[51]，他那里低低应。月朗风清恰二更，厮徯幸[52]，他无缘，小生薄命。

【绵搭絮】恰寻归路，伫立空庭，竹梢风摆，斗柄云横[53]。呀，今夜凄凉有四星[54]，他不偢人待怎生[55]！虽然是眼角传情，咱两个口不言心自省[56]。

今夜甚睡到得我眼里呵！

【拙鲁速】对著盏碧荧荧短檠灯[57]，倚著扇冷清清旧帏屏。灯儿又不明，梦儿又不成；窗儿外淅零零的风儿透疏棂[58]，忒楞楞的纸条儿鸣[59]；枕头儿上孤另[60]，被窝儿里寂静。你便是铁石人，铁石人也动情。

【幺篇】怨不能，恨不成，坐不安，睡不宁。有一日柳遮花映，雾障云屏，夜阑人静，海誓山盟——恁时节风流嘉庆，锦片也似前程[61]；美满恩情，咱两个画堂春自生[62]。

【尾】一天好事从今定，一首诗分明照证[63]。再不向青琐闼梦儿中寻[64]，则去那碧桃花树儿下等[65]。（下）

【注释】

①唱喏（rě）：古代男子向对方行的见面礼。喏，是一边作揖行礼，一边说话。这里就指作揖。

②抢白：挖苦，训斥。

③傻角：傻瓜，呆子。

④香案：烧香之几案。案：桌子。

⑤每：同“们”。

⑥比及：等到，在……之前。

⑦太湖石：点缀庭院、花园用的石头，这里指用太湖石叠成的假山。

⑧玉宇无尘：指明净的天空。玉宇：天帝住在天上，以玉为殿宇，故以“玉宇”代指天空。

⑨芳心自警：心里保持着警觉。

⑩悄悄冥冥：指不敢出声，又不敢被人看见。悄悄：不出声。冥冥：

不露形。

⑪潜潜等等：暗地里走一会，又停下来等一等。等等：走走停停的样子。

⑫齐齐整整：即齐整，指容貌端庄匀称。

⑬袅袅婷婷：形容女子体态柔美。

⑭一更：晚上七时到九时左右。

⑮莺庭：莺莺小姐的庭院。这段均是张生久候莺莺而不至的想象。

⑯没揣的：意外的，突然的。可憎：可爱的，见前文注释。

⑰搂定：抱住。

⑱角门儿：旁门、侧门。

⑲将：搬、抬的意思。

⑳越整：越发齐整美丽。

㉑春娇：年轻美貌的女子，这里指嫦娥，暗指莺莺。元稹有诗“春娇满眼睡红绡，掠削云鬟旋妆束”（《连昌宫词》），以春娇代天宝时名妓念奴。

㉒等闲：轻易，随随便便。广寒宫：即月宫。相传唐玄宗曾于八月十五夜与申天师、鸿都客同游月宫，上有一匾，书有“广寒清虚之府”，故而后称月宫为广寒宫。

㉓容分一捻：面容能分辨出一小部分。一捻，有少意、小意。

㉔这二句是说莺莺好似湘水女神，斜靠着舜庙红门。湘陵妃子：指舜的两个妃子娥皇、女英，二人在得知舜南巡死于苍梧山后，自投湘水而死，成为湘水女神。

㉕蟾宫：即月宫，相传月中有蟾蜍，故称月宫为蟾宫。素影，指月中嫦娥素净洁白的身影。这里指莺莺身着孝服之身姿。

㉖甫能：方才、刚刚。娉婷：美好的容态，这里代指莺莺。

㉗凭般撑：那样漂亮。凭：这。撑：漂亮、美丽，元剧习用语。

㉘料应来：大概是、想来是，乃推测之词，来，语助词，无义。

㉙兀的：表感叹，怎么。

㉚化去：指死去。

㉛拖带：捎带。

㉜凭：依靠。

㉝剔团圞：特别圆的月亮。剔：程度副词，极，很。团圞（luán）：团圆、圆圆的样子。

㉞人气：指莺莺的长叹。

㉟氤氲（yīn yūn）：又作细缊。烟气蒸腾的样子。

㊱司马相如：西汉著名辞赋家，蜀郡成都人，爱上邛县卓王孙之女卓文君，以琴声挑动其心弦，后卓文君弃家，与司马相如私奔成婚。

㊲溶溶：水流动的样子，这里指月光。

㊳临：面对。皓魄：月或月光，此指月。月中人：指嫦娥。

㊴兰闺：美女的住室，也称兰房。

㊵早是：已经是，本来已经。扑堆：遍布，堆聚，这里有满是、显露之意。

㊶埋没：这里是“蕴含”“具有”的意思。这两句话是说莺莺的容貌之美显露于外，她的聪明和才华蕴藏于内心。

㊷忒应声：赞莺莺和诗特别快，这边话音刚落，那边诗便已出口。

㊸厮觑定：互相看着，对视良久。厮，互相。

㊹惺惺的自古惜惺惺：即惺惺相惜之意，因为都是聪明人，性格才华相当，故而有共同语言，互相欣赏。惺惺，聪明机灵意，也指聪明人。惜，爱惜看重。

㊺便做道：即使是、纵使、何不。此二句意为“你即便是依了我们的心愿，有何不可”。

㊻扑剌剌：鸟突然起飞的声音。宿鸟：栖息在树上的鸟。

㊼此处用张先《天仙子》“云破月来花弄影”“明日落红应满径”之词境。

㊽发付：打发，处置。

㊾枉耽病：平白地受相思病折磨。耽病：受病。

㊿扃（jiōng）：上闩，关门。

51却才：刚才。个，语助词，无义。却才个，犹恰才个，元剧中通用。

52厮徯幸：两人都苦恼、烦闷。

53斗柄云横：表示夜深。斗：北斗，即大熊星座的七颗星，连接起来，很像古代舀酒用的斗，故称北斗。由于星空流转，斗柄所指的方位也不断变化。在固定的季节月份里，可以从斗柄的方位测定时间的早晚。斗柄云横，北斗七星的柄横在云间，表示夜深。

54四星：古人以二分半为一星，四星即“十分”，形容十分凄凉；另一说斗柄三星没于云中，只剩下斗身的四星，是冷落凄凉之意。

55偢（chǒu）：同“瞅”，看，理睬之意。

56口不言心自省：口里不说，心里明白。

57短檠（qíng）灯：本指贫寒读书人读书照明的灯，这里泛指读书之灯。荧荧：微光闪烁的样子。檠，灯架，支撑灯盘的立柱，以柱之长短区分长檠与短檠。

58淅零零：风声。疏棂：稀疏的窗格。

59忒楞楞：风吹窗纸的声音。

60孤另：孤单。

61前程：元杂剧中多指婚姻。锦片也似前程：形容婚姻美满幸福。

62画堂：装饰华美的屋子，这里比喻华丽的新房。这八句都是张生想象自己与莺莺成婚时的情景。

63照证：证明，证据，也可作动词，作证。

⑭青琐：古代宫门上的一种装饰。青琐闼（tà）：宫门，这里代指朝廷。一说指莺莺的住处。

⑮碧桃花下：元杂剧中常指男女幽会之地，另有牡丹花下、海棠花下等。这两句话意谓我再不去进京赶考了，我只到碧桃花下去等待她的到来。

第四折

(洁引聪上云)今日二月十五日开启[①]，众僧动法器者[②]！请夫人小姐拈香。比及夫人未来[③]，先请张生拈香，怕夫人问呵，则说道贫僧亲者。(末上云)今日二月十五日，和尚请拈香，须索走一遭。

【双调】【新水令】梵王宫殿月轮高，碧琉璃瑞烟笼罩[④]。香烟云盖结[⑤]，讽咒海波潮[⑥]。幡影飘飖[⑦]，诸檀越尽来到[⑧]。

【驻马听】法鼓金铎[⑨]，二月春雷响殿角；钟声佛号[⑩]，半天风雨洒松梢。侯门不许老僧敲，纱窗外定有红娘报[⑪]。害相思的馋眼脑[⑫]，见他时须看个十分饱。

(末见洁科)(洁云)先生先拈香，恐夫人问呵，则说是老僧的亲。(末拈香科)

【沉醉东风】惟愿存在的人间寿高，亡化的天上逍遥。为曾祖父先灵[⑬]，礼佛法僧三宝[⑭]。焚名香暗中祷告：则愿得红娘休劣[⑮]，夫人休焦[⑯]，犬儿休恶[⑰]。佛啰[⑱]，早成就了幽期密约。

（夫人引旦上云）长老请拈香，小姐，咱走一遭。（末做见科）（觑聪云[19]）为你志诚呵，神仙下降也。（聪云）这生却早两遭儿也[20]。（末唱）

【雁儿落】我则道这玉天仙离了碧霄[21]，元来是可意种来清醮[22]。小子多愁多病身，怎当他倾国倾城貌[23]。

【得胜令】恰便似檀口点樱桃[24]，粉鼻儿倚琼瑶[25]。淡白梨花面，轻盈杨柳腰。妖娆，满面儿扑堆著俏；苗条，一团儿衠是娇[26]。

（洁云）贫僧一句话，夫人行敢道么？老僧有个敝亲，是个饱学的秀才，父母亡后，无可相报，对我说，央及带一分斋，追荐父母。贫僧一时应允了，恐夫人见责。（夫人云）长老的亲，便是我的亲，请来厮见咱[27]。（末拜夫人科）（众僧见旦发科[28]）

【乔牌儿】大师年纪老，法座上也凝眺[29]；举名的班首真呆傍[30]，觑著法聪头做金磬敲[31]。

【甜水令】老的小的，村的俏的[32]，没颠没倒[33]，胜似闹元宵。稔色人儿[34]，可意冤家，怕人知道，看时节泪眼偷瞧。

【折桂令】著小生迷留没乱[35]，心痒难挠。哭声儿似莺啭乔林[36]，泪珠儿似露滴花梢。大师也难学，把一个发慈悲的脸儿来蒙著。击磬的头陀懊恼，添香的行者心焦[37]。烛影风摇，香霭云飘，贪看莺莺，烛灭香消[38]。

（洁云）风灭灯也。（末云）小生点灯烧香。（旦与红云）那生忙了一夜。

【锦上花】外像儿风流，青春年少；内性儿聪明，冠世才学。扭捏著身子儿百般做作，来往向人前卖弄俊俏。

（红云）我猜那生——

黄昏这一回，白日那一觉，窗儿外那会镬铎[39]，到晚来向书帏里比及睡著[40]，千万声长吁捱不到晓[41]。

（末云）那小姐好生顾盼小子！

【碧玉箫】情引眉梢，心绪你知道；愁种心苗，情思我猜著。畅懊恼[42]，响铛铛云板敲[43]，行者又嚎，沙弥又哨[44]，恁须不夺人之好[45]。

（洁与众僧发科）（动法器了）（洁摇铃跪宣疏了[46]，烧纸科）（洁云）天明了也，请夫人小姐回宅。（末云）再做一会也好，那里发付小生也呵！

【鸳鸯煞】有心争似无心好[47]，多情却被无情恼[48]。劳攘了一宵[49]，月儿沉，钟儿响，鸡儿叫。唱道是玉人归去得疾[50]，好事收拾得早。道场毕诸人散了，酩子里各归家[51]，葫芦提闹到晓[52]。（并下）

【络丝娘煞尾[53]】则为你闭月羞花相貌，少不得剪草除根大小[54]。

题目　　老夫人闭春院[55]　　崔莺莺烧夜香

正名[56]　　小红娘传好事　　张君瑞闹道场

西厢记五剧第一本终

【注释】

①开启：僧人开始做法事。

②法器：僧人做法事时所用的钟、鼓、磬、铙、钹、木鱼等响器。动法器，即动响器，奏乐。

③比及：在……之前。比及夫人未来：一说趁老夫人没有来的时候；一说如果老夫人来迟。

④瑞烟：指供佛烧香的烟。

⑤香烟云盖结：香的烟雾在空中聚成云盖。盖，佛教名词，云盖即烟盖，罩在上方的盖形香烟。

⑥讽咒：诵经之声。讽：念诵。海波潮：形容诵经之声有如大海的浪潮。

⑦幡（fān）：梵文意译，为旌旗的总称，做法事所用，用来供养和装饰佛菩萨像，有各种颜色，也有的绘有狮、龙等图像。

⑧檀越：梵文音译，佛教徒称施主为檀越。檀：布施。越：谓有布施功德的人，可超越贫穷海，来世免受贫穷。

⑨法鼓金铎：法堂设二鼓，东北角的叫法鼓，西北角的叫茶鼓。铎为做法事用的大铃。鼓与铎在这里泛指法器。

⑩佛号：念佛声。

⑪侯门：达官显贵之家。纱窗：指莺莺居室。

⑫馋眼脑：犹言贪看的眼睛。眼脑：即眼睛，“脑”字助音无义。

⑬曾祖父：指曾祖父、祖父、父亲三代。先灵：亡灵。

⑭礼：动词，敬神拜佛之意。三宝：佛教三宝，即佛、法、僧也。佛宝，指创立佛教教义之人。法宝，即佛教教义。僧宝，指宣扬佛法的僧众。

⑮劣：淘气、使坏，恶作剧。

⑯焦：焦躁、烦恼。

⑰犬儿休恶：担心恶犬妨碍与莺莺幽会。

⑱佛啰：感叹词，犹言“佛啊”。

⑲觑聪云：下面两句是张生用以调侃法聪之语，为逗观众发笑。下文“聪云”同样为插科打诨之语。

⑳两遭儿也：这是法聪背着所有演员向观众说的。因张生之前调侃法聪，此处又调侃法聪，故云“两遭”。

㉑碧霄：青天。

㉒可意种：称心如意之人，心爱之人。种：昵语，指所爱的人。清醮（jiào）：和尚道士为消灾求福而设坛祭祷的法事活动。这里专指僧人超度亡灵的法事活动。

㉓当：抵当。“倾国倾城”语出李延年歌：“北方有佳丽，绝世而独

立，一顾倾人城，再顾倾人国，宁不知倾城与倾国，佳人难再得。”（《汉书·外戚传上》）代指姿容绝世的女子。

㉔恰便似：正好像。檀口：檀为浅绛色涂料，多涂于口唇，故以“檀口”形容嘴唇红艳。点樱桃：点上樱桃般红色。

㉕琼瑶：美玉。这句意为鼻子好似美玉雕琢而成。

㉖一团儿：指浑身上下。一团儿衠是娇，即谓全身上下无处不娇好。

㉗厮见咱：相见吧。厮，相。咱，语气词。

㉘发科：戏曲术语，指做出各种喜剧表演动作，来使观众发笑。这里指众僧见到莺莺之后的惊艳之态。

㉙法座：原指佛说法时的座位，后也称僧人做佛事时的座位。凝眺：凝神远眺，聚精会神地看。

㉚举名：做佛事时的呼令。班首：头领，这里指主持法事的和尚。呆傍（láo）：痴呆家伙，元时口语。傍，通“痨”，病，北方骂人加痨字，表程度之深。

㉛磬（qìng）：佛教法器，金磬，以铜或铁制成。这里通过众僧的反应来突出莺莺的貌美。

㉜村：指村俗丑笨。俏：指聪明伶俐。

㉝没颠没倒：即颠倒，指大家因贪看莺莺而神魂颠倒。“没”，有强调意味，用法同不尴不尬之“不”。

㉞稔（rěn）色：丰润漂亮的样子。稔色人儿：美丽的女子，此处指莺莺。

㉟迷留没乱：即没撩没乱，指张生心神不定的样子。用法同“没颠没倒”。

㊱啭：鸟声宛转。乔木：高大的树林，这里泛指树林。

㊲头陀、行者，在这里均泛指僧人。

㊳这一节描写僧人看到莺莺后的情态，主要是为了反衬莺莺的美貌。

㊴镬（huò）铎（duó）：喧闹，忙乱。

㊵书帏：书房里的帏帐。比及睡著：即使睡着。

㊶这一段是红娘想象张生思念莺莺的种种情态。

㊷畅懊恼：好懊恼。畅：程度副词，甚、很、极之意。

㊸云板：古代乐器，此处指做佛事的云状法器，也用作报时。

㊹沙弥本指刚出家、初受戒的僧人，俗称小和尚。哨：叫嚷、喧闹，与上文“噪”互文。

㊺恁：同“您”。此时张生以为自己正同莺莺两情相通，却被吵嚷之声影响，故而怨责行者、沙弥“夺人之好”。

㊻宣疏：僧道做法事时，宣读祝告文字。

㊼争似，怎如。张生有情，却懊恼收场，还不如僧人无心的好。

㊽语出苏轼《蝶恋花》词：“墙里秋千墙外道，墙外行人，墙里佳人笑。笑渐不闻声渐悄，多情却被无情恼。”无情，指僧众，僧众既闹嚷于前，使张生“畅懊恼”，佛事毕又催促莺回宅，所以说“多情却被无情恼”。

㊾劳攘：辛苦劳碌。

㊿唱道是：真是、正是。用“唱道”二字是［鸳鸯煞］曲子的定格，第五句必以此二字开头。疾：快。

51酩（mǐng）子里：昏昏沉沉，宋元俗语，也作瞑子里、冥子里。

52葫芦提：糊里糊涂。宋元俗语。

53络丝娘煞尾：《西厢记》五本，前四本戏结束时，因情节未完，在套曲之外都用［络丝娘煞尾］二句，承上启下，使五本连缀成一个整体。但第五本因剧情已完，便不再用。

54少不得：免不了。大小：指莺莺全家大小。这句预伏下本孙飞虎兵围普救寺之事。

55春院：春天的寺院。

56正名：元杂剧在每本戏的末尾，有二或四句对文，每句五至九字不等，用来概括该本戏的内容，叫题目正名。一般取其末句作为剧的全名（这本戏剧名即为“张君瑞闹道场”），取末句中能代表戏之内容的几个字作剧的简名（这本戏简名即为“闹道场”）。题目与正名只是同一事物的不同叫法，所以有的戏只标“正名”，有的则标“题目正名”。原是演出时写作纸榜，悬挂于勾栏之外，以招徕观众的，类似现在的海报。

西厢记五剧第二本

崔莺莺夜听琴杂剧

第一折

（净扮孙飞虎上开）自家姓孙，名彪，字飞虎。方今上德宗即位[①]，天下扰攘[②]。因主将丁文雅失政[③]，俺分统五千人马，镇守河桥。近知先相公崔珏之女莺莺，眉黛青颦[④]，莲脸生春，有倾国倾城之容，西子太真之颜[⑤]，见在河中府普救寺借居。我心中想来，当今用武之际，主将尚然不正[⑥]，我独廉何为？大小三军，听吾号令：人尽衔枚[⑦]，马皆勒口[⑧]，连夜进兵河中府，掳莺莺为妻，是我平生愿足！（法本慌上）谁想孙飞虎将半万贼兵[⑨]，围住寺门，鸣锣击鼓，呐喊摇旗，欲掳莺莺小姐为妻。我今不敢违误，即索报知夫人走一遭。（下）（夫人上慌云）如此却怎了[⑩]？俺同到小姐卧房里商量去。（下）（旦引红上云）自见了张生，神魂荡漾，情思不快，茶饭少进。早是离人伤感，况值暮春天道[11]，好烦恼人也呵！好句有情联夜月[12]，落花无语怨东风。

【仙吕】【八声甘州】恹恹瘦损[13]，早是伤神，那值残春[14]。罗衣宽褪[15]，能消几度黄昏[16]？风袅篆烟不卷帘[17]，雨打梨花深闭门[18]；无语凭阑干，目断行云[19]。

【混江龙】落红成阵，风飘万点正愁人[20]；池塘梦晓，阑槛辞春[21]。蝶粉轻沾飞絮雪[22]，燕泥香惹落花尘[23]。系春心情短柳丝长[24]，隔花阴人远天涯近[25]。香消了六朝金粉[26]，清减了三楚精神[27]。

（红云）姐姐情思不快，我将被儿薰得香香的，睡些儿。（旦唱）

【油葫芦】翠被生寒压绣裀[28]，休将兰麝薰；便将兰麝薰尽，则索自温存。昨宵个锦囊佳制明勾引[29]，今日个玉堂人物难亲近[30]。这些时坐又不安，睡又不稳，我欲待登临又不快[31]，闲行又闷，每日价情思睡昏昏。

【天下乐】红娘呵，我则索搭伏定鲛绡枕头儿上盹[32]，但出闺门，影儿般不离身。

（红云）不干红娘事，老夫人著我跟著姐姐来。（旦云）俺娘也好没意思。

这些时直恁般堤防著人[33]！小梅香伏侍的勤，老夫人拘系的紧，则怕俺女孩儿折了气分[34]。

（红云）姐姐往常不曾如此无情无绪，自曾见了那生，便却心事不宁，却是如何？（旦唱）

【那吒令】往常但见个外人，氲的早嗔[35]；但见个客人，厌的倒褪[36]；从见了那人，兜的便亲[37]。想著他昨夜诗，依前韵，酬和得清新。

【鹊踏枝】吟得句儿匀，念得字儿真，咏月新诗，煞强似织锦回文[38]。谁肯把针儿将线引[39]，向东邻通个殷勤[40]。

【寄生草】想著文章士，旖旎人。他脸儿清秀身儿俊，性儿温克情儿顺[41]，不由人口儿里作念心儿里印。学得来一天星斗焕文章[42]，不枉了十年窗下无人问[43]。

（飞虎领兵上围寺科）（下）（卒子内高叫云）寺里人听者：限你每三日内，将莺莺献出来，与俺将军成亲，万事干休。三日之后不送出，伽蓝尽皆焚烧[44]，僧俗寸斩，不留一个。（夫人、洁同上，敲门了，红看了云）姐姐，夫人和长老都在房门前。（旦见了科）（夫人云）孩儿，你知道么，如今孙飞虎将半万贼兵，围住寺门，道你眉黛青颦，莲脸生春，似倾国倾城的太真，要掳你做压寨夫人。孩儿，怎生是了也？（旦唱）

【六幺序】听说罢魂离了壳[45]，见放著祸灭身[46]。将袖梢儿搵不住啼痕[47]。好教我去住无因[48]，进退无门。可著俺那埚儿里人急偎亲[49]？孤孀子母无投奔，赤紧的先亡过了有福之人[50]。耳边厢金鼓连天振[51]，征云冉冉[52]，土雨纷纷。

【幺篇】那厮每风闻，胡云[53]，道我眉黛青颦，莲脸生春，恰便似倾国倾城的太真。兀的不送了他三百僧人[54]！半万贼军，半霎儿敢翦草除根[55]。这厮每于家为国无忠信，恣情的掳掠人民[56]。更将那天宫般盖造焚烧尽，则没那诸葛孔明，便待要博望烧屯[57]。

(夫人云）老身年六十岁，不为寿夭；奈孩儿年少，未得从夫[58]，却如之奈何？(旦云）孩儿有一计：想来则是将我与贼汉为妻，庶可免一家儿性命。(夫人哭云）俺家无犯法之男，再婚之女，怎舍得你献与贼汉，却不辱没了俺家谱[59]？（洁云）俺同到法堂两廊下，问僧俗有高见者，俺一同商议个长便[60]。(同到法堂科）（夫人云）小姐，却是怎生？（旦云）不如将我与贼人，其便有五[61]。

【后庭花】第一来免摧残老太君；第二来免堂殿作灰烬；第三来诸僧无事得安存；第四来先君灵柩稳；第五来欢郎虽是未成人。

（欢云）俺呵，打甚么不紧[62]。（旦唱）

须是崔家后代孙。莺莺为惜己身，不行从著乱军[63]，著僧众污血痕，将伽蓝火内焚，先灵为细尘，断绝了爱弟亲，割开了慈母恩。

【柳叶儿】呀，将俺一家儿不留一个龆龀[64]。待从军又怕辱没了家门，我不如白练套头儿寻个自尽，将我尸榇，献与贼人，也须得个远害全身。

【青哥儿】母亲，都做了莺莺生忿[65]，对傍人一言难尽。母亲，休爱惜莺莺这一身。

恁孩儿别有一计：

不拣何人，建立功勋，杀退贼军，扫荡妖氛，倒陪家门[66]，情愿与英雄结婚姻，成秦晋。

（夫人云）此计较可。虽然不是门当户对，也强如陷于贼中。长老，在法堂上高叫：两廊僧俗，但有退兵之策的，倒陪房奁[67]，断送莺莺与他为妻[68]。（洁叫了，住[69]）（末鼓掌上云）我有退兵之策，何不问我？（见夫人了）（洁云）这秀才便是前日带追荐的秀才。（夫人云）计将安在？（末云）重赏之下，必有勇夫；赏罚若明，其计必成。（旦背云）只愿这生退了贼者。（夫人云）恰才与长老说下，但有退得贼兵的，将小姐与他为妻。（末云）既是恁的，休諕了我浑家[70]，请入卧房里去，俺自有退兵之策。（夫人云）小姐和红娘回去者。（旦对红云）难得此生这一片好心。

【赚煞】诸僧众各逃生，众家眷谁偢问。这生不相识横枝儿着紧[71]。非是书生多议论[72]，也堤防著玉石俱焚。虽然是不关亲，可怜见命在逡巡[73]。济不济权将秀才来尽[74]。果若有出师表文[75]，吓蛮书信[76]，张生呵，则愿得笔尖儿横扫了五千人。（下）

【注释】

①今上：当今圣上。

②扰攘：混乱、动乱、不太平。

③失政：治理不善，失去政权控制能力。

④颦：蹙眉。西施常捧心蹙眉，人以为美，邻里之丑女效颦，却显得更丑了。此处即用西施蹙眉之事。

⑤西子：即西施，春秋时越国美女，被越王勾践献给吴王夫差，以助自己复仇之业。太真：即唐玄宗贵妃杨玉环，本为寿王妃，出家为女道士，号太真，天宝四年被册封为贵妃。

⑥尚然：尚且如此。

⑦衔枚：古代行军打猎及丧礼执绋时一种禁止喧哗的措施。此处指军队秘密行军时，为防止士兵喧哗，让其含枚于口中。枚：小木棍，长度像筷子，两端有带。衔：口含。

⑧勒口：用勒（即套在马头上带嚼口的笼头）把马口套起来，不让马嘶鸣。相当于戴嚼子。

⑨将：率领。

⑩怎了：怎么办，如何是好。

⑪天道：天气。现在湖北等地方言中仍常用。

⑫指月夜与张生对诗之事。

⑬恹（yān）恹：精神不振、病弱的样子。柳永《定风波》："终日恹恹倦梳裹。"

⑭那：奈，怎奈，一说又，更加之意。

⑮宽褪：宽松，褪亦宽松之意，这里指身体渐渐消瘦。

⑯能消几度黄昏：还能经得起几次黄昏呢？出自赵德麟《清平乐》词："断送一生憔悴，只消几个黄昏。"消：经受。

⑰风袅篆烟：香炉中的烟在微风中袅袅上升。篆烟：上升时纡徐盘旋，形状如篆书文字的香烟。另外，一种特别制成状如篆字、屈曲盘绕的香也称篆烟。

⑱雨打梨花深闭门：语本宋·李重元《忆王孙·春词》，"杜宇声声不忍闻，欲黄昏，雨打梨花深闭门"。

⑲目断：极目远望，看到尽头。行云：流动的云，此处暗用巫山神女故事，指与张生相会。

⑳语本杜甫诗《曲江》之一："一片花飞减却春，风飘万点正愁人。"

㉑池塘梦晓，阑槛辞春：池塘才生春草的梦刚一醒来，春天就已经归去了，这里是感叹春光易逝，时间流逝之快。池塘梦晓，指谢灵运梦中所得之佳句。钟嵘《诗品》卷中引《谢氏家录》记载，谢灵运"每对惠连（谢灵运之族弟谢惠连）"，就会做出好诗句，后来在永嘉西堂，"思诗竟日不就"，忽然梦到了惠连，醒后马上得出佳句"池塘生春草，园柳变鸣禽"。阑槛辞春用唐穆宗惜花之典，出自唐冯贽《记事珠·惜春御史》，唐穆宗特别爱惜春花，每当宫中花开，"则以重顶帐蒙蔽栏槛"，并置"惜春御史掌之"。阑槛即栏槛，是围护花圃的栏杆。

㉒蝶粉轻沾飞絮雪：蝴蝶身上沾染了飘飞的柳絮，好像是蒙了一层

雪。蝶粉，蝴蝶身上的鳞粉。飞絮雪，用谢道韫之典，据《世说新语·言语》载，东晋谢安与子侄赏雪吟诗，谢安问："白雪纷纷何所似?"侄子谢朗说："撒盐空中差可拟。"侄女谢道蕴说："未若柳絮因风起。"后世以"咏絮才"喻才女。

㉓燕泥香惹落花尘：燕子筑巢所衔之新泥也带有落花的芳香。燕泥：燕子衔的筑巢泥。

㉔柳丝虽短，能把双方的春心系在一起，但两人的情思却不如柳丝长。语本杨果《越调小桃红》："美人笑道：'莲花相似，情短藕丝长。'"

㉕这句是说之前两人月夜联诗，两人虽只隔着一簇花丛，但因不能接触，却好像比天涯更远。语本欧阳修《千秋岁·春恨》："夜长春梦短，人远天涯近。"

㉖指莺莺无心打扮，身上的脂粉香全消失了。金粉，铅粉，妇女妆饰用的脂粉。六朝风气奢靡，故称"六朝金粉"。

㉗意谓精神衰减。三楚为战国楚地，《汉书·高帝纪》注引孟康说"旧名江陵为南楚，吴为东楚，彭城为西楚"，故称三楚，阮籍《咏怀》诗有"三楚多秀士"。"三楚之地"多写人之精神。此处"三楚"与上文"六朝"对举。

㉘绣裀（yīn）：绣花垫褥。裀，通"茵"，褥子，床垫。

㉙锦囊佳制：美好的诗句，这里指张生隔花阴所作之诗。本自唐代李贺的故事，相传李贺常骑驴外出，"背一古破锦囊，遇有所得，即书投囊中"，回家后，其母亲看到他写的诗，说"是儿要当呕出心乃已尔"。后多以"锦囊佳制"代称好诗。

㉚玉堂人物：玉堂本为汉代位于未央官内的玉堂殿，宋以后称翰林院为玉堂，元剧中多称文人学士为玉堂人物。此处指张生。

㉛登临：登山临水，这里指在宅内游玩。

㉜搭伏定：伏在……之上。鲛绡（jiāo xiāo）：传说南海水中有鲛人，“水居如鱼，泣则成珠”，其所织成的细纱极薄，“入水不濡”，极为珍贵。这里指鲛绡做的枕头。句本杨果《仙吕赏花时》：“唱道则听得玉漏声频，搭伏定鲛绡枕头儿盹。”

㉝直恁般：竟这样。直，竟然、居然。堤防，即“提防”。

㉞气分：体面，气概。

㉟因变色而发怒。氲的：亦作“晕的”“缊地”，脸红，脸变色。

㊱厌的：突然，忽的。倒褪：后退，倒退。

㊲兜（dǒu）的：陡然，顿时，立刻。

㊳煞强似：更胜过，比……强得多。煞，程度副词，极、很。强似，即胜似。织锦回文：又名璇玑图，本指前秦窦滔妻苏惠所作之回文诗，纵横反复都可诵读，后成为一种文体，诗词曲都有。这里意思是像珠玉一样美好的诗句。

㊴针儿引线：喻牵线作媒。

㊵东邻：本指多情美女，此处指张生住处，因张生搬至寺中，恰在莺莺东邻。语出宋玉《登徒子好色赋》：“天下之佳人，莫若楚国；楚国之丽者，莫若臣里；臣里之美者，莫若臣东家之子。东家之子，增之一分则太长，减之一分则太短，着粉则太白，施朱则太赤。”

㊶温（yùn）克：温和恭敬。语出《诗经·小雅·小宛》：“人之齐圣，饮酒温克。”

㊷一天星斗焕文章：文章写得极好，如同满天星斗一样光彩夺目。焕，光彩夺目的样子。杜牧《华清宫》：“雷霆驰号令，星斗焕文章。”

㊸十年窗下：指十年寒窗苦读。

㊹伽（qié）蓝：梵文音译，佛教寺院的通称。东魏杨衒之著有《洛阳伽蓝记》。

㊺魂离了壳：即神不附体的意思。

㊻眼前明摆着有杀身之祸。见放著：明摆着，有逃脱不了之意。祸灭身：杀身之祸。

㊼揾（wèn）：擦拭，多用于拭泪。辛弃疾《水龙吟·登建康赏心亭》："倩何人，唤取红巾翠袖，揾英雄泪。"

㊽因：依靠，此处意为办法。

㊾那埚（guō）儿里：哪里。人急偎亲：人在危急时就想投靠亲人，当时习语。

㊿赤紧的：实在是，真个是。

51金鼓：古代指挥军队进退的乐器，击鼓则进，鸣金则退。

52征云：战云。

53风闻，胡云：听到传闻，就胡说起来。

54兀的不：岂不是。送：葬送、断送。

55半霎儿：半会儿，说明时间之短。"一霎"已言时间之短，半霎儿更短。

56恣情：肆意，无所顾忌。

57此句意为虽然没有诸葛亮，我也要来了博望烧屯。则：虽然。博望烧屯：指刘备与夏侯惇交战时，用诸葛亮计，暗设伏兵，自烧屯伪遁，使夏侯惇中计，损兵十万。元杂剧《诸葛亮博望烧屯》即演此事。

58从夫：出嫁。封建礼教规定女子有三从四德，《仪礼·丧服·子夏传》："妇人有三从之义，无专用之道，故未嫁从父，既嫁从夫，夫死从子。"

59家谱：记载家族世系和人物事迹的谱籍。这里指家门、门第。

60长便：长久方便的好办法。《水浒传》第四六回："兄弟，你且来，和你商量一个长便。"

61便：利，好处。

62打甚么不紧：不要紧、有什么要紧，为当时口语。打紧，即要紧；

打甚么不紧，即要什么紧。“不”字无义，为语助词。

⑥③行从：即从，顺从。

⑥④龆龀（tiáo chèn）：古时小儿换牙，男孩曰龆，女孩曰龀，《韩诗外传》载：“男八月生齿，八岁而龆齿。……女七月生齿，七岁而龀齿。”后代指儿童。

⑥⑤此句意为就算是莺莺不孝。生忿：不孝。老母在堂，自己为保全贞节而自尽，不能侍奉母亲，是为不孝。

⑥⑥倒陪家门：指不要彩礼，倒陪送家私财产。家门，家私财产。

⑥⑦房奁（lián）：嫁妆。奁：梳妆盒。

⑥⑧断送：赔送，送出。

⑥⑨住：停一会儿。戏曲术语，指“静场”“哑场”。

⑦⓪諕（xià）：吓。浑家：妻子。此处张生已视莺莺为自己妻子，在舞台上颇有喜剧效果。

⑦①横枝儿着紧：非亲非故的局外人而能挺身而出，替人分忧解难。横枝：不是正枝，比喻不相干的人。着紧：在紧要时刻着力。

⑦②常言道书生好议论，发空言，此处否定这种观点，表现出对张生挺身而出的勇气之赞赏。

⑦③命在逡（qūn）巡：犹命在旦夕。逡巡，顷刻，须臾。

⑦④济：成。尽：任凭，由着。

⑦⑤出师表文：用三国时蜀相诸葛亮前后《出师表》之典。在刘备死后，诸葛亮辅佐后主刘禅，在准备出师北伐曹魏时，曾上书后主，即《出师表》。

⑦⑥吓蛮书信：指传说中李白醉草吓蛮书之故事，据传李白“论当世务，草答蕃书，辩如悬河，笔不停辍”。此处出师表文、吓蛮书信，均指张生用兵退敌之策。

楔 子[1]

（夫人云）此事如何？（末云）小生有一计，先用著长老。（洁云）老僧不会厮杀，请秀才别换一个。（末云）休慌，不要你厮杀。你出去与贼汉说："夫人本待便将小姐出来，送与将军，奈有父丧在身。不争鸣锣击鼓[2]，惊死小姐，也可惜了。将军若要做女婿呵，可按甲束兵[3]，退一射之地[4]。限三日功德圆满[5]，脱了孝服，换上颜色衣服，倒陪房奁，定将小姐送与将军。不争便送来[6]，一来父服在[7]身，二来于军不利。"你去说来。（洁云）三日如何？（末云）有计在后。（洁朝鬼门道叫科[8]）请将军打话。（飞虎卒上云）快送出莺莺来！（洁云）将军息怒。夫人使老僧来与将军说。（说如前了）（飞虎云）既然如此，限你三日后若不送来，我著你人人皆死，个个不存。你对夫人说去：恁的这般好性儿的女婿，教他招了者！（洁云）贼兵退了也，三日后不送出去，便都是死的。（末云）小子有一故人，姓杜，名确，号为白马将军，见统十万大兵，镇守著蒲关。一封书去，此人必来救我。此间离蒲关四十五里，写了书呵，怎得人送去？（洁云）若是白马将军肯来，何虑孙飞虎！俺这里有一个徒弟，唤作惠明，则是要吃酒厮打。若使央他去，定不肯去；须将言语激著他，他便去。（末唤云）有书寄与杜将军，谁敢去？谁敢去？

（惠明上云）我敢去！

【正宫】【端正好】不念《法华经》[9]，不礼《梁皇忏》[10]，飏了僧伽帽[11]，袒下我这偏衫[12]，杀人心逗起英雄胆，两只手将乌龙尾钢椽揝[13]。

【滚绣球】非是我贪[14]，不是我敢[15]，知他怎生唤做打参[16]，大踏步直杀出虎窟龙潭。非是我搀[17]，不是我揽[18]，这些时吃菜馒头委实口淡，五千人也不索炙煿煎爁[19]。腔子里热血权消渴，肺腑内生心且解馋，有甚腌臜[20]！

【叨叨令】浮沙羹宽片粉添些杂糁[21]；酸黄齑烂豆腐休调啖[22]。万馀斤黑面从教暗[23]，我将这五千人做一顿馒头馅。是必休误了也么哥[24]，休误了也么哥！包残余肉把青盐蘸[25]。

（洁云）张秀才著你寄书去蒲关，你敢去么？（惠唱）

【倘秀才】你那里问小僧敢去也那不敢，我这里启大师用咱也不用咱。你道是飞虎将声名播斗南[26]；那厮能淫欲，会贪婪，诚何以堪[27]！

（末云）你是出家人，却怎不看经礼忏，则厮打为何？（惠唱）

【滚绣球】我经文也不会谈，逃禅也懒去参[28]；戒刀头近新来钢蘸[29]，铁棒上无半星儿土渍尘缄[30]。别的都僧不僧、俗不俗、女不女、男不男，则会斋的饱也则向那僧房中胡渰[31]，那里怕焚烧了兜率伽蓝。则为那善文能武人千里[32]，凭著这济困扶危书一缄，有勇无惭[33]。

（末云）他倘不放你过去，如何？（惠云）他不放我呵，你放心。

【白鹤子】著几个小沙弥把幢幡宝盖擎[34]，壮行者将捍棒镬叉担[35]。你排阵脚将众僧安[36]，我撞钉子把贼兵来探[37]。

【二】远的破开步将铁棒飐，近的顺著手把戒刀钐[38]；有小的提起来将脚尖跐[39]，有大的扳下来把髑髅勘[40]。

【一】瞅一瞅古都都翻了海波[41]，滉一滉厮琅琅振动山岩[42]；脚踏得赤力力地轴摇[43]，手扳得忽剌剌天关撼[44]。

【耍孩儿】我从来驳驳劣劣[45]，世不曾忑忑忐忐[46]，打熬成不厌天生敢[47]。我从来斩钉截铁常居一[48]，不似恁惹草拈花没掂三[49]。劣性子人皆惨[50]，舍著命提刀仗剑，更怕甚勒马停骖[51]。

【二】我从来欺硬怕软，吃苦不甘[52]，你休只因亲事胡扑俺[53]。若是杜将军不把干戈退，张解元干将风月担[54]，我将不志诚的言词赚[55]。倘或纰缪[56]，倒大羞惭[57]。

（惠云）将书来，你等回音者。

【收尾】恁与我助威风擂几声鼓，仗佛力呐一声喊。绣旗下遥见英雄俺，我教那半万贼兵唬破胆。（下）

（末云）老夫人、长老都放心，此书到日，必有佳音。咱眼观旌节旗，耳听好消息[58]。你看一封书札逡巡至[59]，半万雄兵咫尺来。（并下）（杜将军引卒子上开）林下晒衣嫌日淡，池中濯足恨鱼腥；花根本艳公卿子，虎体原班将相孙[60]。自家姓杜，名确，字君实，本贯西洛人也。自幼与君瑞同学儒业。后弃文就武，当年武举及第，官拜征西大将军，正授管军元帅，统领十万之众，镇守著蒲关。有人自河中来，听知君瑞兄弟在普救寺中，不来望我；著人去请，亦不肯来，不知主甚意。今闻丁文雅失政，不守国法，剽掠黎民。我为不知虚实，未敢造次兴师[61]。孙子曰："凡用兵之法，将受命于君[62]，合军聚众[63]，圮地无舍[64]，衢地交合[65]，绝地无留[66]；围地则谋，死地则战；途有所不由[67]，军有所不击[68]，城有所不攻，地有所不争，君命有所不受。故将通于九变之利者[69]，知用兵矣。治兵不知九变之术，虽知五利[70]，不能得人用矣[71]。"吾之未疾进兵征讨者，为不知地利浅深出没之故也。昨日探听去，不见回报。今日升帐，看有甚军情，来报我知道者。（卒子引惠明和尚上开）（惠明云）我离了普救寺，一日至蒲关，见杜将军走一遭。（卒报科）（将军云）

著他过来！（惠打问讯了云）贫僧是普救寺僧。今有孙飞虎作乱，将半万贼兵，围住寺门，欲劫故臣崔相国女为妻。有游客张君瑞奉书，令小僧拜投于麾下[72]，欲求将军以解倒悬之危[73]。（将军云）将过书来。（惠投书了）（将军拆书念曰）“珙顿首再拜大元帅将军契兄纛下[74]：伏自洛中[75]，拜违犀表[76]，寒暄屡隔[77]，积有岁月，仰德之私[78]，铭刻如也。忆昔联床风雨[79]，叹今彼各天涯；客况复生于肺腑[80]，离愁无慰于羁怀[81]。念贫处十年藜藿[82]，走困他乡；羡威统百万貔貅[83]，坐安边境。故知虎体食天禄，瞻天表[84]，大德胜常[85]；使贱子慕台颜[86]，仰台翰[87]，寸心为慰。辄禀[88]：小弟辞家，欲诣帐下[89]，以叙数载间阔之情[90]；奈至河中府普救寺，忽值采薪之忧[91]。不期有贼将孙飞虎，领兵半万，欲劫故臣崔相国之女，实为迫切狼狈。小弟之命，亦在逡巡。万一朝廷知道，其罪何归[92]？将军倘不弃旧交之情，兴一旅之师，上以报天子之恩，下以救苍生之急；使故相国虽在九泉，亦不泯将军之德[93]。愿将军虎视去书[94]，使小弟鹄观来旌[95]。造次干渎[96]，不胜惭愧。伏乞台照不宣[97]。张珙再拜[98]。二月十六日书”。（将军云）既然如此，和尚你行，我便来。（惠明云）将军是必疾来者。（将军云）虽无圣旨发兵，将在军，君命有所不受。大小三军，听吾将令：速点五千人马，人尽衔枚，马皆勒口，星夜起发，直至河中府普救寺，救张生走一遭。（飞虎引卒子上开）（将军引卒子骑竹马调阵拿绑下[99]）（夫人洁同末上云）下书已两日，不见回音。（末云）山门外呐喊摇旗，莫不是俺哥哥军至了？（末见将军了）

（引夫人拜了）（将军云）杜确有失防御，致令老夫人受惊，切勿见罪是幸。（末拜将军了）自别兄长台颜，一向有失听教。今得一见，如拨云睹日。（夫人云）老身子母，如将军所赐之命，将何补报？（将军云）不敢，此乃职分之所当为。敢问贤弟：因甚不至戎帐[100]？（末云）小弟欲来，奈小疾偶作，不能动止[101]，所以失敬。今见夫人受困，所言退得贼兵者，以小姐妻之，因此愚弟作书请吾兄。（将军云）既然有此姻缘，可贺，可贺！（夫人云）安排茶饭者。（将军云）不索。倘有馀党未尽，小官去捕了，却来望贤弟。左右那里，去斩孙飞虎去！（拿贼了）本欲斩首示众，具表奏闻，见丁文雅失守之罪。恐有未叛者，今将为首各杖一百，馀者尽归旧营去者！（孙飞虎谢了下）（将军云）张生建退贼之策，夫人面许结亲，若不违前言，淑女可配君子也。（夫人云）恐小女有辱君子。（末云）请将军筵席者！（将军云）我不吃筵席了，我回营去，异日却来庆贺。（末云）不敢久留兄长，有劳台候[102]。（将军望蒲关起发）（众念云）马离普救敲金镫[103]，人望蒲关唱凯歌。（下）（夫人云）先生大恩，不敢忘也。自今先生休在寺里下，则著仆人寺内养马，足下来家内书院里安歇[104]。我已收拾了，便搬来者。到明日略备草酌[105]，著红娘来请你，是必来一会，别有商议。（末云）这事都在长老身上。（问洁云）小子亲事，未知何如？（洁云）莺莺亲事，拟定妻君[106]。只因兵火至，引起雨云心。（下）（末云）小子收拾行李，去花园里去也！（下）

【注释】

①楔子：第二本的楔子较为特殊，其作用和篇幅更像一折戏，弘治本就标为第二折。故而有“五本二十折”与“五本二十一折”两说。凌濛初曰：“历考诸剧，楔子止用《仙吕赏花时》，或一或二，及《仙吕端正好》一曲耳。此独竟以正宫诸曲演而成套，若另为一折然者。此因欲写惠明之壮勇，难以一调尽，而为此变体耳。近本竟去‘楔子’二字，则此剧多一折；若并前《八声甘州》为一，则一折二调，尤非体矣。”此处虽标为“楔子”，但是唱套曲，故应视为一折。

②不争：用法多样，此处用在句首，为“若是，如果”之意。

③按甲束兵：指约束兵卒，不要进攻。

④一射之地：即一箭之地。

⑤功德圆满：指为父亲所做的佛事结束。

⑥不争：不要紧，不妨事。

⑦父服：为悼念父亲所穿的孝服。

⑧鬼门道：戏台上左右两边演员的上场门和下场门。因为“所扮者皆已往昔人”，故称鬼门道或古门道。

⑨《法华经》：佛教经典，即《妙法莲华经》的简称。

⑩《梁皇忏》：佛教书名，原名《慈悲道场忏法》，也叫《梁皇忏法》。相传梁武帝萧衍曾为雍州刺史，“夫人郗氏性酷妒”，她死后变成一条巨蟒，托梦梁武帝求拯救。于是武帝为她作《慈悲道场忏法》十卷，请和尚诵经，于是“夫人化为天人，空中谢帝而去。其《忏法》行于世，曰《梁皇忏》。”礼：信奉，崇奉。不礼《梁皇忏》，这里是不念经之意。

⑪颩（diū）：同“丢”，抛掷，甩掉。

⑫袒下：脱下。偏衫：即袈裟，斜披于左肩上的僧人法衣，须袒露右臂。

⑬乌龙尾钢椽：像乌龙尾巴一样的棍棒。揝（zuàn）：用手紧握。

⑭贪：佛教术语，此处指贪功。

⑮敢：敢作敢为。

⑯打参：打坐参禅，是僧人修行的方式。另指僧人聚在一起参禅。

⑰搀：争抢，抢夺。

⑱揽：兜揽，把事情拉到自己身上。

⑲不索：不需要。炙煿（bó）煎爁（lǎn）：指对食物进行加工制作。炙：烤。煿：爆，炸。煎：炒。爁：炖。

⑳腌臜（ā zā）：肮脏。

㉑浮沙羹、宽片粉：当时比较粗糙的主食，都是佛教徒的素食。糁（sǎn）：粥。

㉒酸黄齑（jī）：酸菜。调：调和。啖：吃。

㉓从教：任从、听凭。苏轼《水龙吟·次韵章质夫杨花词》："似花还似非花，也无人惜从教坠。"暗：指面之黑。

㉔也么哥：语助词，无义，也写作"也末哥"。连用两句"也么哥"为《叨叨令》定格。关汉卿《感天动地窦娥冤》第三折："枉将人气杀也么哥，枉将人气杀也么哥！"

㉕包残余肉：指上句包馒头馅剩下的人肉。

㉖声名播斗南：声名传遍天下。斗南：北斗星以南，这里代指天下。明许潮《午日吟》："英声迈斗南，礼贤菴，金卮玉斝菖蒲泛。"

㉗诚何以堪：实在令人无法忍受。诚：确实。堪：禁受。

㉘逃禅也懒去参：懒得去学佛参禅。杜甫《饮中八仙歌》："苏晋长斋绣佛前，醉中往往爱逃禅。"

㉙戒刀：僧人随身所带、仅供割衣之用的月头小刀。钢蘸：淬水，使刀刃锋利。

㉚土渍尘缄：沾满尘土。渍：沾染。缄：封。

㉛斋：斋饭，此处作动词。胡渰（yān）：装傻，或不干正经事。

㉜善文能武人千里：指远在千里之外的能文善武之人，即白马将军杜确。

㉝无惭：佛教术语，本为做坏事而不感到羞愧。这里指惠明因勇敢救人而无所羞愧。

㉞幢（chuáng）幡：各种旗帜，幢为佛像前立的竿柱，顶上有宝珠，用丝帛装饰，表示佛统率众生制伏众魔。幡：各种旌旗的总称。幢幡连称，其意为幡。宝盖：或称天盖，在佛菩萨及讲师读师高座上的伞盖，或是佛像上的伞盖，上有宝玉饰之。

㉟捍棒：棍棒。镬（huò）叉：烧火用的拨火叉棍。

㊱阵脚：一定阵式的战斗队列。

㊲撞钉子：像把尖钉楔进物体一样，自己一步一步深入敌阵。

㊳钐（shàn）：砍，劈。

㊴踥（zhuàng）：踢。

㊵髑髅（dú lóu）：本为死人的头骨，这里指头。勘：即砍，劈成两半。

㊶古都都：海波翻腾的声音。

㊷滉（huàng）：摇动、晃动。厮琅琅：形容山岩震动声。

㊸赤力力：形容大地摇动的声音。

㊹忽剌剌：指天门撼动的声音。天关：天门，为日月星辰所行之道。

㊺驳驳劣劣：莽撞、粗鲁，无所顾忌的样子。

㊻世不曾：从来不曾。

㊼打熬：煎熬、磨炼、锻炼。厌：满足。不厌：不满足，这里意为不安分。天生敢：天生勇敢。

㊽常居一：常居第一。这句话意为做事坚决果断，从不犹豫。

㊾没掂三：糊里糊涂，没个主张。本句与上句为对文，没掂三即斩

钉截铁之反义。

㊿劣性子：惠明自指。惨：怕、愁。

51勒马停骖（cān参）：勒住缰绳，停下马车。骖，周代人用四马驾车，中间驾辕的马叫服，两边的马叫骖。这里，骖与马互文，泛指马。这句话意思是："我难道还怕孙飞虎拦着我的马让我不能过去吗？"

52吃苦不甘：吃苦的不吃甜的，与"欺硬怕软"同义。

53扑俺：亦作"扑掩、扑揞"，猜测，捉摸之义。

54干：空自、枉然、白白的。风月：男女情事。担：承受。

55志诚：诚实。赚：欺骗。这句话意即如果杜确将军不能杀退贼兵，那张生就白白地盼望与莺莺成婚了，我也等于用不诚实的话来骗人了。

56纰缪（pī miù）：错误，此作动词，出差错。

57倒大：极大、非常。

58眼观旌节旗，耳听好消息：望着使者远去，等待着胜利捷报传来。这两句话为宋元以来戏曲小说习用语。旌节旗：本为使者所用的旗子，也指使者，此处指惠明。

59逡巡至：很快到达。

60花从根部开始就很艳丽，虎背上的花纹也是天生就有。这几句是杜确自述出身高贵，门第显赫。

61造次：轻率、鲁莽。

62将：指将帅。

63合军聚众：集合军队。

64圮（pǐ）地：坍塌毁坏、艰险难行之地。舍：宿，这里指安营扎寨。

65衢（qú瞿）地：四通八达之地。交合：结交、联合（其他力量）。

66绝地：危绝之地，没有水草、无法生存之地。

67由：通过。此句意为有些道路是不能走的。

(68)军：敌军。此句意为有些敌军是不能进攻的。

(69)通：精通，通晓。九变：指依据不同情况而采取的用兵的各种变化法则。

(70)五利：指上述“圮地无舍”等五条用兵法则。

(71)不能得人用：不能充分发挥军士的作用。

(72)麾（huī）下：对将帅的尊称，这里指杜确。麾本为古代将帅指挥军队的旗帜，麾下即主帅的麾旗之下，即部下，是说不敢直接呈书给将帅而投书于其部下。

(73)倒悬：人被倒挂，比喻处境十分危急。《孟子·梁惠王下》：“民之悦之，犹解倒悬也。”

(74)顿首：叩头，以头叩地，周礼九拜之一。常用于书信开头或结尾，表示敬礼。契兄：对好友的尊称，意为意气相投的贤兄。纛（dào）：古代军队的大旗。纛下相当于“阁下”。

(75)伏：敬辞，用于句首，同伏维、伏以。

(76)犀表：指武将的仪表，表示尊敬赞扬。

(77)寒暄屡隔：很久没有问候。

(78)仰：仰望，表示敬慕之词。《诗经·小雅·车舝（xiá）》：“高山仰止。”德：恩泽好处。私：私心，内心感情。

(79)联床风雨：即“风雨联床”，在风雨之夜，联床倾心交谈，指同窗读书时好友亲密的生活情景。

(80)客况：出门在外的景况。

(81)离愁：与杜将军离别之愁。羁怀：羁旅情怀，指流落他乡的情怀。

(82)藜藿（lí huò）：藜为野菜，藿为豆叶，藜藿代指粗淡的饭食。此句意为自己多年来过着贫困的生活。

(83)貔貅（pí xiū）：本为古代猛兽名，后用来代指军队，比喻其勇猛。此句意为羡慕您的威风，统率着百万雄兵。

⑧④天表：天子的容颜。

⑧⑤德胜常：德行出众，超出常人。

⑧⑥贱子：张生自称。台：用于对人的敬称。台颜，即尊面。

⑧⑦仰台翰：盼望您的来信。翰指书信，台翰犹尊函。

⑧⑧辄：就，即。

⑧⑨诣：到，拜访。

⑨⓪间阔：久别，远离。间：指间隔。

⑨①采薪之忧：生病的婉辞。采薪，打柴。《孟子·公孙丑下》："昔者有王命，有采薪之忧不能造朝。"朱熹注："采薪之忧，言病不能采薪，谦辞也。"后自己生病时，便婉称有"采薪之忧"。

⑨②其罪何归：要归罪于谁呢？言外之意为杜确你"坐安边境"，应负有平定叛乱的责任。

⑨③泯：磨灭。

⑨④虎视：如虎之雄视。

⑨⑤鹄（hú）观来旄（máo）：急切盼望大军到来。鹄为天鹅，因其脖颈长，故而用鹄观、鹄望表现急切盼望的样子。旄，用旄牛尾装饰之大旗，代指旌旗。

⑨⑥干渎（dú）：干扰、冒犯。

⑨⑦旧时书信结尾套语，意即敬请明察，不再详述。

⑨⑧再拜：拜而又拜，本指一种礼节，此处用于信末，表示敬意。

⑨⑨骑竹马调阵：指演出时两支队伍骑着竹马对阵开仗。竹马，代表马的道具。调阵：列阵打仗。

⑩⓪戎帐：军帐。

⑩①动止：行动，偏义复词。

⑩②有劳台候：有劳您大驾前来看我。候：问候、看望。

⑩③镫（dèng）：马鞍两旁的铁脚踏。

⑩④足下：对人的敬称，后来专用于对同辈的敬称。

⑩⑤草酌：简单的酒菜。

⑩⑥拟（nǐ）定：准定，说定，讲好了。

第二折

（夫人上云）今日安排下小酌，单请张生酬劳[1]。道与红娘，疾忙去书院中请张生，著他是必便来，休推故[2]。（下）（末上云）夜来老夫人说，著红娘来请我，却怎生不见来？我打扮著等他，皂角也使过两个也[3]，水也换了两桶也，乌纱帽擦得光挣挣的[4]，怎么不见红娘来也呵？（红娘上云）老夫人使我请张生，我想若非张生妙计呵，俺一家儿性命难保也呵！

【中吕】【粉蝶儿】半万贼兵，卷浮云片时扫净，俺一家儿死里逃生。舒心的列山灵，陈水陆[5]，张君瑞合当钦敬[6]。当日所望无成，谁想一缄书到为了媒证[7]。

【醉春风】今日个东阁玳筵开[8]，煞强如西厢和月等。薄衾单枕有人温，早则不冷，冷。受用足宝鼎香浓[9]，绣帘风细，绿窗人静[10]。

可早来到也。

【脱布衫】幽僻处可有人行[11]？点苍苔白露泠泠[12]。隔窗儿咳嗽了一声。

（红敲门科）（末云）是谁来也？（红云）是我。

他启朱唇急来答应。

（末云）拜揖小娘子。（红唱）

【小梁州】则见他叉手忙将礼数迎[13]，我这里“万福，先生。”乌纱小帽耀人明，白襕净[14]，角带傲黄鞓[15]。

【幺篇】衣冠济楚庞儿整[16]，可知道引动俺莺莺[17]。据相貌，凭才性，我从来心硬，一见了也留情。

（末云）既来之，则安之。请书房内说话。小娘子此行为何？（红云）贱妾奉夫人严命，特请先生小酌数杯，勿却。（末云）便去，便去。敢问席上有莺莺姐姐么？（红唱）

【上小楼】“请”字儿不曾出声，“去”字儿连忙答应；可早莺莺跟前，“姐姐”呼之，喏喏连声。秀才每闻道“请”，恰便似听将军严令，和他那五脏神愿随鞭蹬[18]。

（末云）今日夫人端的为甚么筵席？[19]（红唱）

【幺篇】第一来为压惊，第二来因谢承[20]。不请街坊，不会亲邻，不受人情。避众僧，请老兄，和莺莺匹聘[21]。

（末云）如此小生欢喜。（红）

则见他欢天喜地，谨依来命。

（末云）小生客中无镜，敢烦小娘子，看小生一看何如？

（红唱）

【满庭芳】来回顾影，文魔秀士[22]，风欠酸丁[23]。下工夫将额颅十分挣[24]，迟和疾擦倒苍蝇[25]，光油油耀花人眼睛，酸溜溜螫得人牙[26]疼。

（末云）夫人办甚么请我？

（红）茶饭已安排定，淘下陈仓米数升，煠下七八碗软蔓青[27]。

（末云）小生想来，自寺中一见了小姐之后，不想今日得成婚姻，岂不为前生分定[28]？

（红云）姻缘非人力所为，天意尔。

【快活三】咱人一事精，百事精；一无成，百无成[29]。世间草木本无情，

自古云：地生连理木，水出并头莲[30]，他犹有相兼并[31]。

【朝天子】休道这生，年纪儿后生，恰学害相思病[32]。天生聪俊，打扮素净，奈夜夜成孤另[33]。才子多情，佳人薄幸，兀的不担阁了人性命[34]。

（末云）你姐姐果有信行[35]？（红）

谁无一个信行？谁无一个志诚？恁两个今夜亲折证[36]。

我嘱付你咱：

【四边静】今宵欢庆，软弱莺莺，可曾惯经[37]？你索款款轻轻，灯下交鸳颈。端详可憎[38]，好煞人也无干净[39]。

（末云）小娘子先行，小生收拾书房便来。敢问那里有甚么景致？（红唱）

【耍孩儿】俺那里落红满地胭脂冷，休孤负了良辰媚景。夫人遣妾莫消停[40]，请先生勿得推称[41]。俺那里准备著鸳鸯夜月销金帐，孔雀春风软玉屏[42]。乐奏合欢，有凤箫象板，锦瑟鸾笙[43]。

（末云）小生书剑飘零，无以为财礼，却是怎生？（红唱）

【四煞】聘财断不争[44]，婚姻事有成，新婚燕尔安排庆。你明博得跨凤乘鸾客[45]，我到晚来卧看牵牛织女星[46]。休傒幸[47]，不要你半丝儿红线[48]，成就了一世儿前程。

【三煞】凭著你灭寇功，举将能，两般儿功效如红定[49]。为甚俺莺娘心下十分顺？都则为君瑞胸中百万兵[50]。越显得文风盛，受用足珠围翠绕，结果了黄卷青灯[51]。

【二煞】夫人只一家，老兄无伴等[52]，为嫌繁冗寻幽静。

（末云）别有甚客人？（红唱）

单请你个有恩有义闲中客，且回避了无是无非窗下僧。夫人的命，道足下莫教推托，和贱妾即便随行。

（末云）小娘子先行，小生随后便来。（红唱）

【收尾】先生休作谦，夫人专意等。常言道“恭敬不如从命”，休使得梅香再来请。（下）

（末云）红娘去了，小生拽上书房门者。我比及到得夫人那里[53]，夫人道：“张生，你来了也？饮几杯酒，去卧房内，和莺莺做亲去！”小生到得卧房内，和姐姐解带脱衣，颠鸾倒凤，同谐鱼水之欢，共效于飞之愿[54]。觑他云鬟低坠，星眼微朦，被翻翡翠，袜绣鸳鸯。不知性命何如，且看下回分解。（笑云）单羡法本好和尚也：只凭说法口，遂却读书心。（下）

【注释】

①酬劳：酬谢、报答。

②推故：借故推辞。睢景臣《般涉调哨遍·高祖还乡》：“社长排门告示，但有的差使无推故。”

③皂角：植物名，又叫皂荚，所结的荚果富含碱质，可用以去污。

④乌纱帽：即纱帽，原是民间常见的便帽。明朝以后，乌纱帽才正式成为官宦的代名词。光挣挣：特别光滑明亮。

⑤舒心：安心、放心。山灵、水陆：指山珍海味。

⑥钦敬：钦佩，敬重。

⑦此句意谓谁想到一封书信倒成了他们的媒人。媒证：即媒人。

⑧东阁：东门。据《汉书·公孙弘传》记载，汉代公孙弘为丞相，“起客馆，开东阁以延贤人，与参谋议”，东阁引申为款待宾客的地方，开东阁，即款待贤士。玳瑁为海龟类爬行动物，甲壳有花纹，可做装饰品。玳（dài）筵，以玳瑁装饰坐具的宴席。这里代指丰盛的筵席。

⑨受用足：尽情享受。鼎，三足香炉。

⑩这里指婚后那种安适恬静的生活。绿窗，绿色纱窗，或指树影掩映下的纱窗，一般诗词中“代表一种温暖的家庭气氛、闺阁气氛”（袁行霈《中国诗歌艺术研究·中国古典诗歌的多义性》），如韦庄《菩萨蛮·红楼别夜堪惆怅》：“劝我早归家，绿窗人似花。”

⑪可有人行：哪有人行，就是没有人行。

⑫泠（líng）泠：水清貌，这里是形容露珠的晶莹透澈。

⑬叉手：见面的一种礼节，两手相抱，但十指并未交叉。宋元间以叉手为常礼。

⑭白襕（lán）：白袍衫。襕：上下相连的服装，一般为士人所穿。

⑮角带：装饰着兽角的腰带。鞓（tīng）：皮带。傲：皮带的尾端翘出。白襕黄鞓角带，是当时书生常见的打扮。

⑯济楚：整齐而有光彩，也称“齐楚”。李清照词《永遇乐》：“铺翠冠儿，撚金雪柳，簇带争济楚。”

⑰可知道：怪不得，难怪。

⑱五脏神：五脏指心、肝、肺、脾、肾，每一脏都有一神主管（据《黄庭内景经》）。愿随鞭蹬：愿意跟着走，即跟随左右、听从指挥之意。

⑲张生的这句说白，是据毛西河本补，暖红室本无。

⑳谢承：酬谢，感谢。

㉑匹聘：定婚约。

㉒文魔：读书成痴的人。秀士：本指优秀之士，这里泛指秀才。

㉓风欠酸丁：风流痴呆、咬文嚼字的酸秀才。风欠：风魔，痴呆。酸丁：即酸秀才，调侃之语。

㉔挣，擦拭。此处指张生打扮得十分光滑漂亮。

㉕迟和疾擦倒苍蝇：苍蝇飞上去，迟早都会被滑倒。这里是调侃张生的脸太过光滑。

㉖螫（shì）：本为毒虫或毒蛇咬刺，这里指刺激。

㉗煠（zhá）：通“炸”。蔓青：即蔓菁，一名芜菁，根可做菜。陈仓米、软蔓青都是上不得酒席的粗疏食物，这里是红娘调侃张生之语。

㉘分（fèn）定：注定。

㉙如果上天助之，则一事顺利，百事都能顺利；如果运气不好，就事事无成。这里是承上句“天意尔”言。

㉚连理木，也称相思树，是两棵枝干交生在一起的树。据干宝《搜神记·韩凭妻》记载，战国时宋康王舍人韩凭娶妻何氏，貌美，康王为夺何氏，逼死韩凭夫妇，又把他们分葬二冢，但“宿昔之间，便有大梓木生于二冢之端，旬日而大盈抱，屈体相就，根交于下，枝错于上。又有鸳鸯，雌雄各一，恒栖树上，晨夕不去，交颈悲鸣，音甚感人。宋人哀之，遂号其木曰‘相思树’。”并头莲，又名并蒂莲，“红白俱有，一干两花”，（陈淏子《花镜》卷五“莲花辨名·并头莲”）用以比喻夫妇。这句话是说草木本是无情之物，可是依照天意，地上也长出连理木，水里也生出并头莲。

㉛兼并：比并、偎靠，成双成对之意。

㉜恰：却。

㉝“天生聪俊，打扮素净，奈夜夜成孤另”，这几句转到莺莺身上，休说张生害相思病，就连打扮素净的莺莺也难耐夜夜孤单。这里红娘是赞莺莺多情。

㉞这是红娘假设之语，倘若佳人薄幸，岂不耽搁了人的性命。

㉟信行：守信用。

㊱亲折证：当面对证，当面分辩。

㊲可曾惯经：哪曾经受过，即不曾经受。

㊳可憎：可爱。

㊴好煞人：好死人，美极了，这里指男女欢会。无干净：没有完结，不肯罢休。

㊵消停：耽搁，耽误。

㊶推称：借口推辞。

㊷鸳鸯夜月销金帐：用金色丝线绣着月夜鸳鸯的帐子。孔雀春风软玉屏：绘着春风孔雀的玉屏风。这里是用窦毅画孔雀选婿之事，窦毅曾画二孔雀于屏间，凡射中孔雀者就将女儿嫁给他，结果高祖李渊两箭射中孔雀二目，遂娶窦毅之女。

㊸这里指演奏各种喜庆的乐曲。合欢令：喜庆吉祥的乐曲。凤箫：即排箫，又名凤律，“其形参差，像凤之翼”，是用小竹管编排而成的一种管乐器。锦瑟：华美的瑟。瑟为古代弦乐器名，李商隐《锦瑟》：“锦瑟无端五十弦，一弦一柱思华年。”鸾笙：一种管乐器，也叫凤笙。

㊹断：断然，绝对。

㊺跨凤乘鸾客：用萧史与弄玉之事，比喻美满夫妻。据刘向《列仙传》记载，萧史善吹箫，能作鸾凤之音，秦穆公之女弄玉也爱吹箫，于是“公遂以女妻焉”。婚后两人非常幸福，穆公为两人修筑凤台。后数年，两人皆随凤凰飞去。

㊻牵牛织女星：为星名，后来演化为优美的爱情神话传说。据传织

女本为天帝之女，年年在家辛苦织云锦天衣，天帝怜其独处，将她嫁给了河西牵牛郎。但织女婚后便不再织锦，天帝大怒，罚她与牛郎分居于天河两岸，只能每年七月七日相会。古诗作品中常见牵牛织女之典。

㊼傒幸：烦恼。

㊽红线：指媒人，这里指给媒人的礼物。

㊾红定：即财礼。男方付给女家之定亲财礼，多缠以红线。

㊿胸中百万兵：指有用兵韬略。

(51)黄卷青灯：比喻清苦的读书生涯。黄卷指书籍，因古人皆用黄纸来防蠹虫，如果写错了可用雌黄涂去重写，故称黄卷。青灯：指昏暗的灯光。

(52)伴等：伴当，同伴。

(53)比及：假如。后面是张生设想之事，他以为婚事必成，将与莺莺双宿双栖。

(54)于飞之愿：指夫妇欢爱之愿。《诗经·大雅·卷阿》："凤凰于飞，翔翔其羽，亦集爱止。"

第三折

（夫人排桌子上云）红娘去请张生，如何不见来？（红见夫人云）张生著红娘先行，随后便来也。（末上见夫人施礼科）（夫人云）前日若非先生，焉得见今日。我一家之命，皆先生所活也。聊备小酌，非为报礼，勿嫌轻意。（末云）“一人有庆，兆民赖之[1]。”此贼之败，皆夫人之福。万一杜将军不至，我辈皆无免死之术。此皆往事，不必挂齿。（夫人云）将酒来，先生满饮此杯。（末云）“长者赐，少者不敢辞[2]。”（末做饮酒科）（末把夫人酒了[3]）（夫人云）先生请坐。（末云）小子侍立座下，尚然越礼，焉敢与夫人对坐？（夫人云）道不得个“恭敬不如从命”[4]。（末谢了，坐）（夫人云）红娘，去唤小姐来，与先生行礼者。（红朝鬼门道唤云）老夫人后堂待客，请小姐出来哩！（旦应云）我身子有些不停当[5]，来不得。（红云）你道请谁哩？（旦云）请谁？（红云）请张生哩。（旦云）若请张生，扶病也索走一遭。（红发科了[6]）（旦上）免除崔氏全家祸，尽在张生半纸书。

【双调】【五供养】若不是张解元识人多，别一个怎退干戈？排著酒果，列著笙歌。篆烟微，花香细，散满东风帘幕。救了咱全家祸，殷勤呵正礼，钦敬呵当合[7]。

【新水令】恰才向碧纱窗下画了双蛾[8]，拂拭了罗衣上粉香浮涴[9]，则将指尖儿轻轻的贴了钿窝[10]。若不是惊觉人呵，犹压著绣衾卧。

(红云) 觑俺姐姐这个脸儿，吹弹得破，张生有福也呵！(旦唱)

【幺篇】没查没利谎偻科[11]，你道我宜梳妆的脸儿吹弹得破。

(红云) 俺姐姐天生的一个夫人的样儿。(旦唱) 你那里休聒[12]，不当一个信口开合。知他命福是如何，我做一个夫人也做得过。(红云) 往常两个都害[13]，今日早则喜也。(旦唱)

【乔木查】我相思为他，他相思为我，从今后两下里相思都较可[14]。酬贺间礼当酬贺，俺母亲也好心多。

(红云) 敢著小姐和张生结亲呵[15]，怎生不做大筵席，会亲戚朋友，安排小酌为何？(旦云) 红娘，你不知夫人意。

【搅筝琶】他怕我是陪钱货[16]，两当一便成合[17]。据著他举将除贼，也消得家缘过活[18]。费了甚一股那[19]，便待要结丝萝[20]！休波[21]，省人情的奶奶忒虑过[22]，恐怕张罗。

（末云）小子更衣咱。（做撞见旦科）（旦唱）

【庆宣和】门儿外，帘儿前，将小脚儿那[23]。我恰待目转秋波，谁想那识空便的灵心儿早瞧破[24]，諕得我倒趓，倒趓[25]。

（末见旦科）（夫人云）小姐近前，拜了哥哥者[26]！（末背云）呀，声息不好了也！（旦云）呀，俺娘变了卦也！（红云）这相思又索害也！（旦唱）

【雁儿落】荆棘刺怎动那[27]，死没腾无回豁[28]，措支刺不对答[29]，软兀刺难存坐[30]！

【得胜令】谁承望这即即世世老婆婆[31]，著莺莺做妹妹拜哥哥。白茫茫溢起蓝桥水[32]，不邓邓点着祆庙火[33]。碧澄澄清波，扑刺刺将比目鱼分破[34]。急攘攘因何，扢搭地把双眉锁纳合[35]。

（夫人云）红娘看热酒，小姐与哥哥把盏者！（旦唱）

【甜水令】我这里粉颈低垂，蛾眉频蹙，芳心无那[36]。俺可甚"相见话偏多[37]"！星眼朦胧，檀口嗟咨[38]，攧窨不过[39]。这席面儿畅好是乌合[40]！

（旦把酒科）（夫人央科）（末云）小生量窄。（旦云）红娘，接了台盏者[41]！

【折桂令】他其实咽不下玉液金波。谁承望月底西厢，变做了梦里南柯[42]。泪眼偷淹，酩子里揾湿香罗[43]。他那里眼倦开软瘫做一垛[44]；我这里手难抬称不起肩窝。病染沉疴[45]，断然难活。则被你送了人呵，当甚么喽啰[46]！

（夫人云）再把一盏者。（红递盏了）（红背与旦云）姐姐，这烦恼怎生是了？（旦唱）

【月上海棠】而今烦恼犹闲可[47]，久后思量怎奈何？有意诉衷肠，争奈母亲侧坐。成抛趓[48]，咫尺间如间阔[49]。

【幺篇】一杯闷酒尊前过，低首无言自摧挫[50]。不甚（他本作“堪”）醉颜酡，却早嫌玻璃盏大，从因我，酒上心来觉可[51]。

（夫人云）红娘，送小姐卧房里去者。（旦辞末出科）（旦云）俺娘好口不应心也呵！

【乔牌儿】老夫人转关儿没定夺[52]，哑谜儿怎猜破；黑阁落甜话儿将人和[53]，请将来著人不快活。

【江儿水】佳人自来多命薄，秀才每从来懦。闷杀没头鹅[54]，撇下陪钱货，下场头那答儿发付我[55]！

【殿前欢】恰才个笑呵呵，都做了江州司马泪痕多[56]。若不是一封书将半万贼兵破，俺一家儿怎得存活。他不想结姻缘想甚么？到如今难著莫[57]。老夫人谎到天来大，当日成也是恁个母亲，今日败也是恁个萧何[58]。

【离亭宴带歇拍煞】从今后玉容寂寞梨花朵[59]，胭脂浅淡樱桃颗，这相思何时是可？昏邓邓黑海来深[60]，白茫茫陆地来厚，碧悠悠青天来阔；太行山般高仰望，东洋海般深思渴[61]。毒害的恁么[62]！俺娘呵，将颤巍巍双头花蕊搓[63]，香馥馥同心缕带割[64]，长搀搀连理琼枝挫[65]。白头娘不负荷[66]，青春女成担阁[67]，将俺那锦片也似前程蹬脱[68]。俺娘把甜句儿落空了他，虚名儿误赚了我[69]。（下）

（末云）小生醉也，告退。夫人跟前，欲一言以尽意，未知可否。前者，贼寇相迫，夫人所言，能退贼者，以莺莺妻之。小生挺身而出，作书与杜将军，庶几得免夫人之祸[70]，今日命小生赴宴，将谓有喜庆之期；不知夫人何见，以兄妹之礼相待？小生非图哺啜而来[71]，此事果若不谐，小生即当告退。（夫人云）先生纵有活我之恩，奈小姐先相国在日，曾许下老身侄儿郑恒。即日有书赴京，唤去了，未见来。如若此子至，其事将如之何？莫若多以金帛相酬，先生拣豪门贵宅之女，别为之求，先生台意若何？（末云）既然夫人不与，小生何慕金帛之色！却不道“书中有女颜如玉”？则今日便索告辞。（夫人云）你且住者，今日有酒也[72]。红娘，扶将哥哥去书房中歇息，到明日咱别有话说。（下）（红扶末科）（末念）有分只熬萧寺夜，无缘难遇洞房春。（红云）张生，少吃一盏却不好？（末云）我吃甚么来？（末跪红科）小生为小姐，昼夜忘餐废寝，魂劳梦断，常忽忽如有所失。自寺中一见，隔墙酬和，迎风带月，受无限之苦楚。甫能得成就婚姻，夫人变了卦，使小生智竭思穷，此事几时是了？小娘子，怎生可怜见小生，将此意申与小姐，知小生之心。就小娘子前解下腰间之带，寻个自尽。（末念）可怜刺股悬梁志[73]，险作离乡背井魂。（红云）街上好贱柴，烧你个傻角[74]！你休慌，妾当与君谋之。（末云）计将安在？小生当筑坛拜将[75]。（红云）妾见先生有囊琴一张[76]，必善于此。俺小姐深慕于琴。今夕妾与小姐同至花园内烧夜香，但听咳嗽为令，先生动操[77]。看小姐听得时，说甚么言语，却将先生之言达知。若有话说，明日妾来回报。这早晚怕夫人寻[78]，我回去也。（下）

【注释】

①“一人有庆，兆民赖之”：语出《尚书·吕刑》篇，本指天子有福，老百姓都沾他的光。这里“一人”指老夫人，意即全靠老夫人的福分，大家才得以平安无事。这是张生恭维老夫人之语。

②“长者赐”二句出自《礼记·曲礼》：“长者赐，少者、贱者不敢

辞。”长者，年高有德或有地位的人，这里指老夫人。少者：年幼之人，这里是张生自指。

③把：敬。

④此句意谓“难道你没有听说过‘恭敬不如从命’吗”。

⑤不停当：不舒服。

⑥发科：指红娘做出使观众发笑的表演。

⑦当合：合当，应该。此句意谓“对他钦敬是应该的”。

⑧双蛾：双眉。《诗经·卫风·硕人》状庄姜之美曰：“螓首蛾眉。”蛾即蛾眉之省称。

⑨浮涴（wò）：即浮在衣上的脏物、灰尘。

⑩钿窝：衣服上的装饰品。旧说钿窝为面上所贴花钿之处。

⑪没查没利：无定准、无准绳，信口胡说之意，乃当时方言。偻科：即聪明干练之人，多指下人、小辈。这是莺莺假意嗔怪红娘的话。

⑫聒（guō）：聒噪，多嘴。

⑬害：害病，指患相思病。

⑭较可：病好了，犹痊愈。较、可都指病愈，同义重言。关汉卿《拜月亭》第四折有：“你而今病疾儿都较痊，你而今身体儿全康健？”

⑮敢：敢情，猜测之词。

⑯陪钱货：旧时重男轻女，认为女子出嫁要赔送嫁妆，故而贱称女子为赔钱货。陪，通赔。

⑰两当一便成合：指两件事当作一件事办了。这里是说老夫人吝啬，把酬谢张生和嫁女儿合在一起，办一次酒席就算了。

⑱消：消受。家缘：家产、家业。这里指老夫人的家产。

⑲一股那：即一股脑儿，总共一起。此句意谓“统共能费你多少东西呢”。

⑳丝萝：比喻婚姻。丝，兔丝；萝，女萝。兔丝，亦作菟丝，蔓生

植物，茎柔弱细长；女萝，地衣类植物，形状如线。二者都只能依附他物生长。这里是埋怨老夫人草草地办喜事。

㉑休波：算了吧。波：语气词。

㉒省（xǐng）：明白、懂得。忒虑过：考虑得太多，太过分了。

㉓那：即“挪”，移动。

㉔识空（kòng）便：会见机行事，知趣识相，即聪明、机灵之意。识空便的灵心儿：指张生。

㉕倒趓（duǒ）：倒退、躲避。连用了两个倒趓，写出了莺莺突然见到张生的羞涩紧张情态。

㉖拜哥哥：结为兄妹便不可成婚，老夫人此语明为赖婚。

㉗荆棘剌怎动那：惊慌得很厉害，使我不能动弹。荆：即荆。棘剌：语助词，类似“急里”“急力”。

㉘死没腾：也叫死没堆，惊得呆愣住、毫无表情的样子，为当时方言。没腾，语助词，无义。回豁：即回和，反应，应和。无回豁，即无表情、无反应。

㉙措支剌：乍惊后，慌张失态，不知所措的样子。措，也作“错”。支剌，语助词，无义。

㉚软兀剌：瘫软无力的样子。兀剌，语助词，无义。以上“棘剌、没腾、支剌、兀剌”，均为当时语助词，本身并无实义，附属的词也不是完全固定的。

㉛即即世世：即“即世”，亦作积积世世，历世很久之意，即阅历深、老于世故，又引申为奸诈、老奸巨猾之意。

㉜蓝桥水：使相爱者分离的大水。用尾生抱柱之事，据《战国策·燕策》《史记·苏秦列传》等古籍记载，尾生与一女子相约在蓝桥下相会，尾生先到，在桥下等候，女子还没有到来，这时河水上涨，尾生为了坚守信约，不愿离开，最后抱柱而死。

㉝祆（xiān）庙火：使相爱者分离的大火。祆教，波斯拜火教庙宇，以崇拜“圣火”为主要仪式，南北朝时传入中国，唐代长安有祆庙、祆祠。相传蜀帝生公主，由乳母陈氏携幼子喂养。十多年后，陈氏子出宫，但十分想念公主，思念成疾。后公主借口去祆庙拜神，想与陈氏主相会。公主入庙，正赶上陈氏子熟睡，于是她就解下小时候所玩的玉环，放在他怀里后走了。陈氏子醒后见到玉环，知道公主来过，非常后悔，怨气成火，竟把祆庙给烧了。

㉞比目鱼：又称偏口鱼，相传二鱼相合方可游行。比喻恋人或夫妇。

㉟圪（qī）搭：象声词，形象锁合起来的声音。双眉锁：即双眉紧蹙。纳合：合拢，上锁。

㊱无那：无奈。

㊲可甚：哪有什么。相见话偏多：当时习语。这里是反说，即无话可说。

㊳嗟咨：叹息，感叹。

㊴攧窨（dié yìn）：也作“迭窨”“跌窨”，顿足怨恨之意。攧：顿足、跌足。窨：暗声怨恨。

㊵此句意为“这筵席简直是胡乱应付”，是莺莺埋怨母亲之辞。畅好：正好，恰好。乌合：乌鸦的聚合，比喻散乱没有约束或聚散无常、匆匆来去。

㊶台盏：酒杯。

㊷梦里南柯：即南柯一梦，一场梦，一场空。此处用唐李公佐《南柯太守传》所叙之事，淳于棼在宅南大槐树下饮酒沉醉，梦见自己当了槐安国驸马，并出任南柯太守二十年，生五男二女，享尽荣华富贵。公主病亡，国王怀疑他有异心，送他回乡，于是梦醒。梦醒后寻槐安国旧迹，发现竟是槐树洞中的一个大蚁穴。

㊸酩（mǐng）子里：暗地里，暗中。

㊹一垛：犹一堆，一摊。

㊺沉疴（kē）：重病。

㊻嵝啰：聪明能干。这两句应是莺莺埋怨老夫人之语，意思是张生都要被你送了性命了，还谈什么聪明伶俐。

㊼闲可：平常，不打紧，即小事情，没关系之意。闲与可同意，都是不在意、寻常的意思。

㊽抛趓：抛开躲避，抛闪，分离。

㊾间阔：相距遥远。

㊿摧挫：折磨，忧伤。这里是指张生没精打采的样子。

(51)意即张生现在醉态难支，还不都是因为我，如果真是酒力上心，还不至于这个样子。这时写出了莺莺对张生的怜惜之情。

(52)转关儿没定夺：变来变去没准主意。转关儿：转动机关，即改变主意，动心机，耍手腕。定夺：主意。

(53)黑阁落（lào）：黑暗的角落，这里指暗地里。阁落，方言词，即旮旯、角落。甜话儿：花言巧语。和（huò）：哄骗。

(54)没头鹅：天鹅群飞，有头鹅引领，如失去头鹅，众鹅便会手足无措。而张生此时没头没脑，失去主张，就好似没头鹅一般。

(55)下场头：结局，归宿。那答儿：哪里，什么地方。

(56)江州司马泪痕多：语出白居易《琵琶行》诗：“座中泣下谁最多？江州司马青衫湿。”此处指张生泪多。

(57)著莫：即捉摸。

(58)此句意为“当初答应婚事是你，现在悔婚也是你”。此处化用成语“成也萧何，败也萧何”，据《史记·淮阴侯列传》载，韩信当初投奔汉王刘邦，不被重用，出走，萧何月夜追回韩信，并向刘邦推荐，拜为大将；后来韩信被怀疑谋反，也是萧何设计杀之。故后世谚云：“成也萧何，败也萧何。”

⑲玉容寂寞梨花朵：用白居易《长恨歌》“玉容寂寞泪阑干，梨花一枝春带雨”诗意。

⑳昏邓邓：形容黑海之深。

61思渴：即渴思，比喻相思之强烈，如渴之思水。

62恁么：这个样子，这种地步。

63双头花：即并蒂花。后喻夫妻或恋人。

64同心缕带：即打着同心结的带子。旧时男女将锦带制成连环回文样式，表恩爱同心之意。

65长搀搀：意即长长的。搀搀：形容长的样子。连理琼枝：比喻爱情的美好珍贵。

66负荷：承担责任，意即管、顾。

67担阁：耽误、延误。

68蹬脱：踢开，这时是强行拆散、破坏之意。

69误赚：迷惑，用计诳骗。

70庶几：有幸，侥幸。

71哺啜（bǔ chuò）：吃喝。

72有酒：喝多了酒，带有酒意。

73刺股悬梁志：勤奋苦读获取功名之志。刺股，指战国苏秦事，据《战国策·秦策一》记载，苏秦读书极为勤奋，要打瞌睡时就“引锥自刺其股，血流至足”。悬梁，指汉代孙敬事，据《太平御览》卷三六三引《汉书》载，孙敬读书时，为防止自己打瞌睡，“以绳系头悬屋梁”。这两个故事都是我国古代勤奋读书的典范。

74这二句意为街上的柴贱得很，你要死，就用柴把你这个傻小子烧掉。这是红娘调侃张生的话，让他不要自尽，这样死不值得。

75筑坛拜将：仰仗贤能。用韩信之事，据《史记·淮阴侯列传》载，萧何追还韩信后，刘邦拜韩信为大将军，为了表示对韩信的器重，刘邦专门“择良日，斋戒，设坛场，具礼”，任命韩信为大将军。

⑯囊琴：放在囊中的琴，即琴。

⑰动操：弹琴。操：琴曲。

⑱这早晚：这时候，这会儿，有时间已晚之意。

第四折

（末上云）红娘之言，深有意趣。天色晚也，月儿，你早些出来么！（焚香了）呀，却早发擂也[①]。呀，却早撞钟也[②]。（做理琴科）琴呵，小生与足下湖海相随数年，今夜这一场大功，都在你这神品——金徽、玉轸、蛇腹、断纹、峄阳、焦尾、冰弦之上[③]。天那，却怎生借得一阵顺风，将小生这琴声，吹入俺那小姐玉琢成、粉捏就知音的耳朵里去者！（旦引红上）（红云）小姐，烧香去来，好明月也呵！（旦云）事已无成，烧香何济？月儿，你团圆呵，咱却怎生！

【越调】【斗鹌鹑】云敛晴空，冰轮乍涌[④]；风扫残红，香阶乱拥；离恨千端，闲愁万种。夫人那，“靡不有初，鲜克有终[⑤]”。他做了个影儿里的情郎，我做了个画儿里的爱宠。

【紫花儿序】则落得心儿里念想，口儿里闲题[⑥]，则索向梦儿里相逢[⑦]。俺娘昨日个大开东阁，我则道怎生般炮凤烹龙[⑧]。朦胧[⑨]！可教我“翠袖殷勤捧玉钟[⑩]”，却不道“主人情重[⑪]”？则为那兄妹排连，因此上鱼水难同[⑫]。

（红云）姐姐，你看月阑[13]，明日敢有风也。（旦云）风月天边有，人间好事无。

【小桃红】人间看波：玉容深锁绣帏中，怕有人搬弄。想嫦娥西没东生有谁共？怨天公，裴航不作游仙梦[14]。这云似我罗帏数重，只恐怕嫦娥心动[15]，因此上围住广寒宫。

（红做咳嗽科）（末云）来了。（做理琴科）（旦云）这甚么响？（红发科）（旦唱）

【天净沙】莫不是步摇得宝髻玲珑[16]？莫不是裙拖得环珮玎玲[17]？莫不是铁马儿檐前骤风[18]？莫不是金钩双控[19]，吉丁当敲响帘栊[20]？

【调笑令】莫不是梵王宫，夜撞钟[21]？莫不是疏竹潇潇曲槛中[22]？莫不是牙尺剪刀声相送[23]？莫不是漏声长滴响壶铜[24]？潜身再听在墙角东，元来是近西厢理结丝桐[25]。

【秃厮儿】其声壮，似铁骑刀枪冗冗[26]；其声幽，似落花流水溶溶[27]；其声高，似风清月朗鹤唳空[28]；其声低，似听儿女语，小窗中，喁喁[29]。

【圣药王】他那里思不穷，我这里意已通，娇鸾雏凤失雌雄[30]。他曲未终，我意转浓，争奈伯劳飞燕各西东，尽在不言中。

我近书窗听咱。（红云）姐姐，你这里听，我瞧夫人，一会便来。（末云）窗外是有人，已定是小姐[31]。我将弦改过，弹一曲，就歌一篇，名曰《凤求凰》[32]。昔日司马相如，得此曲成事，我虽不及相如，愿小姐有文君之意。（歌曰）有美人兮，见之不忘。一日不见兮，思之如狂。凤飞翩翩兮，四海求凰。无奈佳人兮，不在东墙。张弦代语兮，欲诉衷肠。何时见许兮，慰我彷徨？愿言配德兮[33]，携手相将[34]。不得于飞兮，使我沦亡。（旦云）是弹得好也呵！其词哀，其意切，凄凄然如鹤唳天。故使妾闻之，不觉泪下。

【麻郎儿】这的是令他人耳聪，诉自己情衷。知音者芳心自懂，感怀者断肠悲痛。

【幺篇】这一篇与本宫、始终、不同[35]。又不是《清夜闻钟》，又不是《黄鹤》《醉翁》，又不是《泣麟》《悲凤》[36]。

【络丝娘】一字字更长漏永，一声声衣宽带松。别恨离愁，变做一弄[37]。张生啊，越教人知重[38]。

（末云）夫人且做忘恩，小姐，你也说谎也呵！（旦云）你差怨了我。

【东原乐】这的是俺娘的机变[39]，非干是妾身脱空[40]。若由得我呵，乞求得效鸾凤。俺娘无夜无明并女工[41]，我若得些儿闲空，张生呵，怎教你无人处把妾身作诵。

【绵搭絮】疏帘风细，幽室灯清，都则是一层儿红纸，几榥儿疏棂[42]，兀的不是隔著云山几万重！怎得个人来信息通？便做道十二巫峰[43]，他也曾赋高唐来梦中。

（红云）夫人寻小姐哩，咱家去来。（旦唱）

【拙鲁速】则见他走将来气冲冲，怎不教人恨匆匆，諕得人来怕恐。早是不曾转动，女孩儿家直恁响喉咙[44]。紧摩弄[45]，索将他拦纵[46]，则恐怕夫人行把我来厮葬送。

（红云）姐姐，则管里听琴怎么？张生著我对姐姐说，他回去也。（旦云）好姐姐呵，是必再著住一程儿[47]。（红云）再说甚么？（旦云）你去呵。

【尾】则说道夫人时下有人唧哝[48]，好共歹不著你落空[49]。不问俺口不应的狠毒娘，怎肯著别离了志诚种[50]。（并下）

【络丝娘煞尾】不争惹恨牵情斗引[51]，少不得废寝忘餐病症。

题目　张君瑞破贼计　莽和尚生杀心

正名　小红娘昼请客　崔莺莺夜听琴

西厢记五剧第二本终

【注释】

①发擂：擂鼓，指夜间报更的鼓声。

②撞钟：指寺院内夜半敲钟的习俗。发擂、撞钟：都说明时间已晚、夜已深。

③神品：指良琴，指特性、品格超群入神。金徽、玉轸、蛇腹、断纹、峄阳、焦尾、冰弦都说的是琴。金徽：金饰的琴徽，徽为琴面上标志音阶的识点，弹奏时所按之处，有十三个。玉轸：玉制的琴轸，轸为系琴弦的柱，转动轸便可调节音调。蛇腹：古代名琴，它的断纹很像蛇腹下的花纹。断纹：琴身年久断裂之纹，而琴以古旧为佳，故为古代名琴。峄（yì）阳：峄山之南所产桐木所制之琴为上品，故以峄阳代指名琴。焦尾：古代名琴，用蔡邕识良桐的故事，蔡邕见吴地有人用桐木烧火做饭，听到桐木发出的声音，知道是做琴的好材料，于是要来做琴，果有良音，琴尾还有烧焦的痕迹，故名“焦尾”。冰弦：用冰蚕丝做的弦，也用为琴的代称。

④冰轮：指月亮。

⑤人生之初都是好的，但很少能有善终的。语出《诗经·大雅·荡》：“天生烝民，其命匪谌。靡不有初，鲜克有终。”这里是怨老夫人悔婚。

⑥闲题：闲谈，议论。

⑦则索：只有。

⑧炮凤烹龙：比喻极其丰盛的筵席，凤、龙是极言肴馔之珍异，炮、烹都是烹调的手法。语出李贺《将进酒》诗：“烹龙炮凤玉脂泣，罗帏绣幕围春风。”

⑨朦胧：稀里糊涂，不明不白。

⑩翠袖殷勤捧玉钟：出自晏几道《鹧鸪天》词："彩袖殷勤捧玉钟，当年拼却醉颜红。"这里指老夫人命莺莺向张生敬酒事。

⑪主人情重：出自苏轼《满庭芳》词："主人情重，开宴出红妆。……坐中有狂客，恼乱愁肠。"这是说老夫人又不让两人成合。

⑫鱼水：指夫妻。

⑬月阑：即月晕，月亮周围的光圈，是有风的征兆。

⑭裴航：事见唐代裴铏所作之传奇小说《裴航》，写唐代秀才裴航落第出游，路经蓝桥驿，口渴，而向一织麻老妪求浆，遇见老妪孙女云英，艳丽惊人，裴航想要求娶。织麻老妪提出要以捣药玉杵臼为聘，并约定以百日为期。后裴航四处寻访，终于以重金购得玉杵臼，携至蓝桥，云英又命裴捣药百日，然后结为夫妇。后来夫妻俱入玉峰洞，双双成仙。游仙梦即成仙。这里是将张生比作裴航。

⑮这里莺莺是以嫦娥自比。

⑯步摇得宝髻玲珑：随着行走时的摇动，发髻上的珠宝首饰发出碰击的声音。宝髻：戴着珠玉首饰的发髻。玲珑：首饰发出的清脆响声。

⑰玎珰（dīng dōng）：玉佩撞击的声音。

⑱铁马：房檐下悬挂的小铁片或铃铛，遇风相击而鸣，即风铃，又称檐马。

⑲金钩双控：两个铜钩，互相撞击，发出声响。控：打，撞。

⑳帘栊：帘子。

㉑夜撞钟：指前注之唐代寺庙有夜晚撞钟的习俗。

㉒曲槛（jiàn）：曲折的栏杆。

㉓牙尺：象牙制的尺子，即尺。这里指做针线活的刀尺声一声接一声。

㉔漏声：即铜壶滴漏的声音。壶铜：即铜壶，古代用铜壶滴漏计时。

㉕理结丝桐：即抚琴。理结：抚弄之意。丝桐：桓谭《新论》有“神农氏始削桐为琴，练丝为弦”，故以丝桐代指琴。

㉖冗冗：刀枪碰击之声。

㉗溶溶：流水之声。

㉘鹤唳（lì）空：鹤（雁）在空中鸣叫。

㉙喁（yóng）喁：低声细语，这里是形容琴声好像少年男女在一起亲密小声说话的声音。

㉚失雌雄：指分离。古人常用“鸾离凤飞”“离鸾别凤”比喻情人不能相聚。

㉛已定：一定，肯定。

㉜《凤求凰》：司马相如在卓王孙筵席之上所弹之曲，以此曲向卓文君求爱。其诗曰：“凤兮凤兮归故乡，游遨四海求其凰，有一艳女在此堂，室迩人遐毒我肠，何由交接为鸳鸯。”

㉝愿言配德：愿同你匹配成婚。言，语助词，无义。配德，德行可相匹配。

㉞相将：相随，相共，在一起。

㉟这里指张生所弹的《凤求凰》曲与本来的宫调有别，其音律、情感均有不同。

㊱《清夜闻钟》《黄鹤》《醉翁》《泣麟》《悲凤》，都是古代的琴曲名，与《凤求凰》所表达感情均有不同。

㊲一弄：即一曲，弄本为诗体的一种，是有丝管等乐器弹奏的诗，相当于曲。

㊳知重：相知敬重。

㊴机变：贬词，奸巧欺诈。

㊵非干：并非，不是因为。脱空：说谎，无着落。

㊶并：催促、逼迫。并女工：催促做针线。意即老夫人将莺莺管束

极严。

㊷几棂儿疏棂：几扇窗户。棂：檐下窗口，此处作量词。棂：窗棂。

㊸便做道：即使是。十二巫峰：传说巫山有十二峰，其中以神女峰最奇。

㊹响喉咙：嗓门大，声音响。这一段指莺莺被红娘的声音惊醒。

㊺摩弄：摸弄，抚摸，这里引申为用言辞折磨、作弄。

㊻拦纵：阻拦、阻挡。

㊼一程儿：一些日子，一段时间。

㊽则说道：就对张生说。唧哝：多言之谓，即多嘴多舌。

㊾这里是莺莺让红娘劝慰张生之辞，只要多住些时日，两人的婚姻就有希望，好歹不会让你落空的。

㊿志诚种：爱情专一诚挚之人。

(51)不争：只因。斗引：亦作“逗引”，引逗，招惹。

西厢记五剧第三本

张君瑞害相思杂剧

楔　子

（旦上云）自那夜听琴后，闻说张生有病，我如今著红娘去书院里，看他说甚么。（叫红科）（红上云）姐姐唤我，不知有甚事，须索走一遭。（旦云）这般身子不快呵，你怎么不来看我？（红云）你想张……（旦云）张甚么？（红云）我张着著姐姐哩[①]。（旦云）我有一件事，央及你咱。（红云）甚么事？（旦云）你与我望张生去走一遭，看他说甚么，你来回我话者。（红云）我不去，夫人知道不是耍。（旦云）好姐姐，我拜你两拜，你便与我走一遭。（红云）侍长请起[②]，我去则便了。说道："张生，你好生病重[③]，则俺姐姐也不弱。"只因午夜调琴手[④]，引起春闺爱月心。

【仙吕】【赏花时】俺姐姐针钱无心不待拈[5]，脂粉香消懒去添，春恨压眉尖。若得灵犀一点[6]，敢医可了病恹恹。（下）

（旦云）红娘去了，看他回来说甚话，我自有主意。（下）

【注释】

①张：望，看。与上面“张生”之“张”同字异义。

②侍长：也作“使长”，奴婢对主人的称呼。

③好生：太，程度副词。

④调琴手：弹琴之人。

⑤不待：不想，不愿。与下句“懒去”互文。

⑥灵犀一点：用李商隐《无题》之诗意：“身无彩凤双飞翼，心有灵犀一点通。”灵犀是犀牛角贯通两端的白线，这里比喻心心相印、两情相通，意即只需要张生的爱情，莺莺的相思病便会治好了。

第一折

（末上云）害杀小生也。自那夜听琴之后，再不能够见俺那小姐。我著长老说将去，道："张生好生病重！"却怎生不见人来看我？却思量上来，我睡些儿咱。（红上云）奉小姐言语，著我看张生，须索走一遭。我想咱每一家，若非张生，怎存俺一家儿性命也！

【仙吕】【点绛唇】相国行祠，寄居萧寺。因丧事，幼女孤儿，将欲从军死[①]。

【混江龙】谢张生伸志[②]，一封书到便兴师。显得文章有用，足见天地无私[③]。若不是剪草除根半万贼，险些儿灭门绝户了俺一家儿。莺莺君瑞，许配雄雌；夫人失信，推托别词；将婚姻打灭，以兄妹为之。如今都废却成亲事。一个价糊突了胸中锦绣，一个价泪揾湿了脸上胭脂[④]。

【油葫芦】憔悴潘郎鬓有丝[⑤]，杜韦娘不似旧时[⑥]，带围宽清减了瘦腰肢[⑦]。一个睡昏昏不待观经史，一个意悬悬懒去拈针指[⑧]；一个丝桐上调弄出离恨谱，一个花笺上删抹成断肠诗；一个笔下写幽情，一个弦上传心事：两下里都一样害相思。

【天下乐】方信道才子佳人信有之[9]，红娘看时，有些乖性儿[10]，则怕有情人不遂心也似此。他害的有些抹媚[11]，我遭著没三思[12]，一纳头安排著憔悴死[13]。

却早来到书院里，我把唾津儿润破窗纸，看他在书房里做甚么。

【村里迓鼓】我将这纸窗儿湿破，悄声儿窥视。多管是和衣儿睡起[14]，罗衫上前襟褶衽[15]。孤眠况味，凄凉情绪，无人伏侍。觑了他涩滞气色[16]，听了他微弱声息，看了他黄瘦脸儿。张生呵，你若不闷死，多应是害死[17]。

【元和令】金钗敲门扇儿。

（末云）是谁？（红唱）

我是个散相思的五瘟使[18]。俺小姐想著风清月朗夜深时，使红娘来探尔。

（末云）既然小娘子来，小姐必有言语。（红唱）

俺小姐至今脂粉未曾施，念到有一千番张殿试[19]。

（末云）小姐既有见怜之心，小生有一简[20]，敢烦小娘子达知肺腑咱[21]。（红云）只恐他番了面皮[22]。

【上马娇】他若是见了这诗，看了这词，他敢颠倒费神思。

他拽扎起面皮来[23]："查得谁的言语你将来，这妮子怎敢胡行事！"他可敢嗤、嗤的扯做了纸条儿。

（末云）小生久后多以金帛拜酬小娘子。（红唱）

【胜葫芦】哎，你个馋穷酸俫没意儿[24]，卖弄你有家私，莫不图谋你东西来到此？先生的钱物，与红娘做赏赐，是我爱你的金赀[25]？

【幺篇】你看人似桃李春风墙外枝，卖俏倚门儿[26]。我虽是个婆娘有气志，则说道："可怜见小子，只身独自！"恁的呵，颠倒有个寻思[27]。

（末云）依著姐姐："可怜见小子，只身独自！"（红云）兀的不是也[28]。你写来，咱与你将去。（末写科）（红云）写得好呵，读与我听咱。（末读云）"珙百拜，奉书芳卿可人妆次[29]：自别颜范[30]，鸿稀鳞绝[31]，悲怆不胜。孰料夫人以恩成怨，变易前姻，岂得不为失信乎？使小生目视东墙，恨不得腋翅于妆台左右[32]；患成思渴，垂命有日[33]。因红娘至，聊奉数字，以表寸心。万一有见怜之意，书以掷下[34]，庶几尚可保养。造次不谨[35]，伏乞情恕。后成五言诗一首，就书录呈：相思恨转添，谩把瑶琴弄。乐事又逢春，芳心尔亦动。此情不可违，虚誉何须奉[36]。莫负月华明，且怜花影重[37]。"

（红唱）

【后庭花】我则道拂花笺打稿儿，元来他染霜毫不勾思[38]。先写下几句寒温序，后题著五言八句诗。不移时[39]，把花笺锦字，叠做个同心方胜儿[40]。忒聪明，忒敬思[41]，忒风流，忒浪子。虽然是假意儿[42]，小可的难到此[43]。

【青哥儿】颠倒写鸳鸯两字[44]，方信道"在心为志[45]"。

（末云）姐姐将去，是必在意者！（红唱）

看喜怒其间觑个意儿[46]。放心波学士！我愿为之，并不推辞，自有言词。则说道："昨夜弹琴的那人儿，教传示。"

这简帖儿我与你将去，先生当以功名为念，休堕了志气者！

【寄生草】你将那偷香手，准备著折桂枝[47]。休教那淫词儿污了龙蛇字[48]，藕丝儿缚定鹍鹏翅[49]，黄莺儿夺了鸿鹄[50]志；休为这翠帏锦帐一佳人，误了你玉堂金马三学士[51]。

（末云）姐姐在意者！（红云）放心，放心。

【煞尾】沈约病多般[52]，宋玉愁无二[53]，清减了相思样子。则你那眉眼传情未了时，我中心日夜藏之[54]。怎敢因而[55]，"有美玉于斯[56]"，我须教有发落归著这张纸[57]。凭著我舌尖儿上说词，更和这简帖儿里心事，管教那人儿来探你

一遭儿。（下）

（末云）小娘子将简帖儿去了，不是小生说口，则是一道会亲的符箓[58]。他明日回话，必有个次第[59]。且放下心，须索好音来也。且将宋玉风流策[60]，寄与蒲东窈窕娘[61]。（下）

【注释】

①从军死：因为敌军而死。从：任凭，由着，引申为因。

②伸志：伸己之意志，即施展才智。

③天地无私：天地没有私心，即没有偏袒坏人，正义得以伸张。

④一个价……一个价……：即一个嘛……一个嘛……胸中锦绣：指胸中的才学。锦绣常用来比喻美好事物，尤其此喻才学。李白《冬日于龙门送从弟令问之淮南序》有："兄心肝五脏皆锦绣耶？不然何开口成文、挥翰雾散？"

⑤潘郎鬓有丝：用潘岳之事。据《晋书·潘岳传》载，潘岳"美姿仪，词藻绝丽"，其诗文多哀愁之作，三十二岁头发就花白了，故有"愁潘"之称。这里是说张生因相思而憔悴，好似长了白发，变老了。

⑥杜韦娘：唐代著名歌伎，后用为曲调名，在唐崔令钦《教坊记》中记有《杜韦娘》曲。后泛称美女为杜韦娘。

⑦宽：松。这里用杜韦娘代指莺莺，写其因相思而腰肢瘦损，衣带宽松。

⑧悬悬：牵挂，思念。意悬悬：即思念之情放不下来，无法忘怀。

⑨信：确实，真的。

⑩乖：反常，背离。

⑪抹媚：一作魔媚，即迷惑、着迷。

⑫没三思：元人称心为三思台，没三思即为无心，没主意、困惑之意。

⑬纳头：埋头，有一心一意之义。纳头死：干脆等死、老老实实地等死。

⑭多管是：大概是。

⑮褶裣（zhě zhì）：衣服上的褶皱。

⑯涩滞气色：面色灰暗晦涩，没精打采。

⑰害死：害相思病而死。

⑱散：传播、散布。五瘟使：传播各种瘟病的瘟神。

⑲张殿试：指张生。殿试：又称廷试，本是科举考试中由皇帝对会试合格者在廷殿上进行的考试。宋元间用为对读书人的通称，与“解元”用法同。

⑳简：书信。

㉑达知：送达，使他知道。肺腑：肺腑之言，内心的真情。

㉒番了面皮：即翻了脸。

㉓拽扎：本指绷紧，收拾起。拽扎起面皮，即绷紧脸，板起脸来，准备发作。

㉔馋穷酸俫：即穷酸，意即你这个穷酸秀才。俫，语尾助词。没意儿：没意思。

㉕金赀（zī）：金钱。

㉖此句意谓你把我看作那种好似出墙的花枝，倚门卖俏之人吗？因张生动不动就提金钱，故而红娘气愤，有此言论。卖俏倚门：代指妓女。

㉗颠倒：反倒，反而。有个寻思：可以商量，可以考虑。

㉘兀的不是也：这不就对啦！

㉙芳卿：对女子的亲敬称呼。妆次：妆台旁。芳卿可人妆次：书信开头用语。

㉚颜范：容颜，模样，代指人。

㉛鸿稀鳞绝：没有音信。鸿、鳞都指书信。古代有鸿雁传书和鱼腹传书，鸿雁传书事始自《汉书·苏武传》：“（常惠）教使者谓单于，言天子射上林中，得雁，足有系帛书，言武等在某泽中。”鳞，指鱼，古乐府《饮马长城窟行》：“客从远方来，遗我双鲤鱼。呼儿烹鲤鱼，中有尺素书。”故而后世把鱼当成传递书信的使者。

㉜腋翅：腋下生双翅，即飞起来。

㉝垂命有日：剩下的日子不多了，即活不了多少天了。

㉞书以掷下：即回信给我。掷下，书信常用，即“送来”的谦辞。

㉟不谨：不小心，有冒失之意，谦语。

㊱虚誉：虚名。奉：遵奉。

㊲这首诗表达了张生对莺莺的相思之情，同时也说明了他希望与莺莺能在花前月下相会的心愿。

㊳染：用毛笔蘸墨。霜毫：代指毛笔。霜毫本指秋天的兽毛，因其末端最细，最适宜制笔，故而以霜毫代指毛笔。

㊴不移时：不一会儿。

㊵方胜儿：本指方形彩结，是古代妇女用丝织品做成的装饰品。这里指叠成方形或菱形的信笺。

㊶敬思：可敬，使人爱慕。

㊷假意儿：犹言假惺惺，此处指卖弄聪明、夸张卖弄。

㊸小可：轻微、平常。小可的：普通人、等闲之辈、寻常之人。红娘认为一般风流男子的多情姿态都是“假意儿”，但她仍然肯定张生的才思，认为一般人难以达到这种程度。

㊹颠倒：翻来覆去。鸳鸯两字：这里指红娘故意说信的内容说来说去就是鸳鸯两字，即全都是相思。

㊺在心为志：指作诗。《毛诗序》：“诗者，志之所之也，在心为志，

发言为诗。”

㊻喜怒其间觑个意儿：在莺莺高兴的时候找个机会。喜怒，偏义复词，偏喜义；一说是喜是怒。

㊼折桂枝：比喻科举及第。语出《晋书·郤诜传》，晋郤诜曾对武帝说“臣举贤良对策，为天下第一，犹桂林之一枝、昆山之片玉”，故称科举及第为折桂，又称蟾宫折桂。

㊽淫词儿：指情诗。龙蛇字：本指字体流利，笔势如龙盘蛇曲。这里比喻有作为。

㊾藕丝：喻缠绵不断的感情。

㊿黄莺：用为美女的代称，这里指莺莺。鸿鹄志：远大的志向。

51玉堂金马三学士：到朝廷当翰林学士，比喻才华出众的人。金马：汉代官门名。玉堂：翰林院。旧时以身历玉堂金马为仕宦得意者。

52沈约病多般：像沈约一样多病。沈约为南朝梁文学家，他给徐勉的信中，曾历数自己老病的多种情状：“百日数旬，革带常应移孔；以手握臂，率计月小半分。”（《南史·沈约传》）后年轻人多病，也以沈约自比。

53宋玉愁无二：与宋玉的愁毫无二致。宋玉，战国时楚国文学家，他的《九辩》多悲愁之语，后人常以“宋玉愁”言悲秋、愁多。

54中心日夜藏之：我就已经看在眼里记在心里了。

55因而：随便、凑合、轻视。

56有美玉于斯：《论语·子罕》：“有美玉于斯，韫匵而藏诸？求善贾而沽诸?”这里只有上句，实取下句之意，即“韫匵而藏诸”，我怎敢大意，把你的信藏在柜子里而不给莺莺呢?

57发落：处理、处置。归著：着落，结果。

58符箓（lù）：道教法术中用来驱鬼消灾的一种神秘文字，这里指有灵验的文书神符。

(59)次第：结果。

(60)宋玉风流策：宋玉有《高唐赋》《神女赋》，写巫山神女与楚怀王、楚襄王相会的故事；又有《登徒子好色赋》，写邻家女爱上宋玉。此处张生将自己的简帖比作宋玉的风流策，希望能与莺莺欢会。

(61)窈窕（yǎo tiǎo）娘：美好的女子，指莺莺。

第二折

（旦上云）红娘伏侍老夫人，不得空（他本有“便”字），偌早晚敢待来也[①]。困思上来，再睡些儿咱。（睡科）（红上云）奉小姐言语，去看张生，因伏侍老夫人，未曾回小姐话去。不听得声音，敢又睡哩。我入去看一遭。

【中吕】【粉蝶儿】风静帘闲，透纱窗麝兰香散[②]，启朱扉摇响双环。绛台高[③]，金荷小[④]，银釭犹灿[⑤]。比及将暖帐轻弹，先揭起这梅红罗软帘偷看[⑥]。

【醉春风】则见他钗亸玉横斜，髻偏云乱挽。日高犹自不明眸[⑦]，畅好是懒，懒。（旦做起身长叹科）（红唱）半晌抬身，几回搔耳，一声长叹。

我待便将简帖儿与他，恐俺小姐有许多假处哩。我则将这简帖儿放在妆盒儿上，看他见了说甚么。（旦做照镜科，见帖看科）（红唱）

【普天乐】晚妆残[⑧]，乌云亸[⑨]，轻匀了粉脸，乱挽起云鬟。将简帖儿拈，把妆盒儿按，开拆封皮孜孜看[⑩]，颠来倒去不害心烦[11]。

（旦怒叫）红娘！（红做意云[12]）呀，决撒了也[13]！

厌的早扢皱了黛眉[14]。

（旦云）小贱人，不来怎么！（红唱）

忽的波低垂了粉颈，氲的呵改变了朱颜[15]。

（旦云）小贱人，这东西那里将来的？我是相国的小姐，谁敢将这简帖来戏弄我？我几曾惯看这等东西？告过夫人，打下你个小贱人下截来。（红云）小姐使将我去，他著我将来，我不识字，知他写著甚么？

【快活三】分明是你过犯[16]，没来由把我摧残；使别人颠倒恶心烦[17]。你不"惯"，谁曾"惯"？

姐姐休闹，比及你对夫人说呵，我将这简帖儿，去夫人行出首去来[18]！（旦做揪住科）我逗你耍来。（红云）放手，看打下下截来！（旦云）张生两日如何？（红云）我则不说。（旦云）好姐姐，你说与我听咱！（红唱）

【朝天子】张生近间、面颜，瘦得来实难看。不思量茶饭，怕见动弹；晓夜将佳期盼，废寝忘餐。黄昏清旦，望东墙淹泪眼。

（旦云）请个好太医看他证候咱[19]。（红云）他证候吃药不济。病患、要安，则除是出几点风流汗。

（旦云）红娘，不看你面时，我将与老夫人看，看他有何面目见夫人！虽然我家亏他，只是兄妹之情，焉有外事[20]。红娘，早是你口稳哩[21]，若别人知呵，甚么模样！（红云）你哄著谁哩！你把这个饿鬼，弄的他七死八活，却要怎么？

【四边静】怕人家调犯[22]，"早共晚夫人见些破绽，你我何安。"问甚么他遭危难？撺断得上竿，掇了梯儿看[23]。

（旦云）将描笔儿过来，我写将去回他，著他下次休是这般！（旦做写科）（起身科云）红娘，你将去说："小姐看望先生，相待兄妹之礼如此，非有他意。再一遭儿是这般呵，必告夫人知道。"和你个小贱人都有说话[24]！（旦掷书下）（红唱）

【脱布衫】小孩儿家口没遮拦[25]，一迷的将言语摧残[26]。把似你使性子[27]，休思量秀才，做多少好人家风范[28]。（红做拾书科）

【小梁州】他为你梦里成双觉后单，废寝忘餐。罗衣不奈五更寒[29]，愁无限，寂寞泪阑干[30]。

【幺篇】似这等辰勾空把佳期盼[31]。我将这角门儿世不曾牢拴，则愿你做夫妻无危难。我向这筵席头上整扮，做一个缝了口的撮合山[32]。

（红云）我若不去来，道我违拗他，那生又等我回报，我须索走一遭。（下）（末上云）那书倩红娘将去，未见回话。我这封书去，必定成事。这早晚敢待来也。（红上）须索回张生话去。小姐，你性儿忒惯得娇了！有前日的心，那得今日的心来？

【石榴花】当日个晚妆楼上杏花残，犹自怯衣单；那一片听琴心清露月明间[33]。昨日个向晚，不怕春寒，几乎险被先生馔[34]。那其间岂不胡颜[35]？为一个不酸不醋风魔汉[36]，隔墙儿险化做了望夫山[37]。

【斗鹌鹑】你用心儿拨雨撩云，我好意儿传书寄简。不肯搜自己狂为，则待要觅别人破绽。受艾焙权时忍这番[38]，畅好是奸[39]！

“张生是兄妹之礼，焉敢如此！”

对人前巧语花言；

没人处便想张生，

背地里愁眉泪眼。

（红见末科）（末云）小娘子来了，擎天柱[40]，大事如何了也？（红云）不济事了，先生休傻。（末云）小生简帖儿，是一道会亲的符箓，则是小娘子不用心，故意如此。（红云）我不用心？有天哩！你那简帖儿好听！

【上小楼】这的是先生命悭[41]，须不是红娘违慢。那简帖儿到做了你的招状[42]，他的[43]勾头，我的公案。若不是觑面颜，厮顾盼[44]，担饶轻慢。

先生受罪，礼之当然。贱妾何辜？争些儿把你娘拖犯[45]！

【幺篇】从今后相会少，见面难。月暗西厢，凤去秦楼，云敛巫山[46]。你也赸[47]，我也赸，请先生休讪[48]，早寻个酒阑人散。

（红云）只此再不必申诉足下肺腑，怕夫人寻，我回去也。（末云）小娘子此一遭去，再著谁与小生分剖[49]？必索做一个道理，方可救得小生一命。（末跪下揪住红科）（红云）张先生是读书人，岂不知此意，其事可知矣。

【满庭芳】你休要呆里撒奸[50]。你待要恩情美满，却教我骨肉摧残[51]。老夫人手执著棍儿摩娑看，粗麻线怎透得针关[52]？直待我拄著拐帮闲钻懒，缝合唇送暖偷寒[53]。

待去呵，小姐性儿撮盐入火[54]，消息儿踏著泛[55]；待不去呵，（末跪哭云）小生这一个性命，都在小娘子身上。（红唱）

禁不得你甜话儿热趱[56]。好著我两下里做人难。

我没来由分说，小姐回与你的书，你自看者。（末接科，开读科）呀，有这场喜事！撮土焚香[57]，三拜礼毕。早知小姐简至，理合远接；接待不及，勿令见罪。小娘子，和你也欢喜。（红云）怎么？（末云）小姐骂我都是假，书中之意，著我今夜花园里来，和他"哩也波，哩也啰"哩[58]！（红云）你读书我听。（末云）"待月西厢下，迎风户半开。隔墙花影动，疑是玉人来。"（红云）怎见得他著你来？你解与我听咱。（末云）"待月西厢下"，著我月上来；"迎风户半开"，他开门待我；"隔墙花影动，疑是玉人来"，著我跳过墙来。（红笑云）他著你跳过墙来，你做下来[59]。端的有此说么？（末云）俺是个猜诗谜的社家[60]，风流隋何，浪子陆贾[61]。我那里有差的勾当？（红云）你看我姐姐，在我行也使这般道儿[62]。

【耍孩儿】几曾见寄书的颠倒瞒著鱼雁[63]，小则小心肠儿转关[64]。写著道西厢待月等得更阑，著你跳东墙"女"字边"干"[65]。元来那诗句儿里包笼著三更枣[66]，简帖儿里埋伏著九里山[67]。他著紧处将人慢[68]。恁会云雨闹中取静，我寄音书忙里偷闲。

【四煞】纸光明玉板[69]，字香喷麝兰，行儿边湮透非春汗？一缄情泪红犹湿，满纸春愁墨未干。从今后休疑难，放心波玉堂学士，稳情取金雀鸦鬟[70]。

【三煞】他人行别样的亲，俺跟前取次看[71]，更做道孟光接了梁鸿案[72]。别人行甜言美语三冬暖，我跟前恶语伤人六月寒。我为头儿看[73]：看你个离魂倩女[74]，怎发付掷果潘安[75]。

（末云）小生读书人，怎跳得那花园过也。（红唱）

【二煞】隔墙花又低，迎风户半拴，偷香手段今番按[76]。怕墙高怎把龙门跳？嫌花密难将仙桂攀。放心去，休辞惮。你若不去呵，望穿他盈盈秋水，蹙损了淡淡春山[77]。

（末云）小生曾到那花园里，已经两遭，不见那好处。这一遭，知他又怎么？（红云）如今不比往常。

【煞尾】你虽是去了两遭，我敢道不如这番。你那隔墙酬和都胡侃，证果的是今番这一简[78]。（红下）

（末云）万事自有分定，谁想小姐有此一场好处。小生是猜诗谜的社家，风流隋何，浪子陆贾，到那里扢扎帮便倒地[79]。今日颓天百般的难得晚[80]。天，你有万物于人，何故争此一日？疾下去波！读书继晷怕黄昏[81]，不觉西沉强掩门。欲赴海棠花下约，太阳何苦又生根？（看天云）呀，才晌午也，再等一等。（又看科）今日万般的难得下去也呵！

碧天万里无云，空劳倦客身心[82]。恨杀鲁阳贪战[83]，不教红日西沉。呀，却早倒西也，再等一等咱。无端三足乌[84]，团团光烁烁。安得后羿弓[85]，射此一轮落！谢天地，却早日下去也。呀，却早发擂也！呀，却早撞钟也！拽上书房门，到得那里，手挽著垂杨，滴流扑跳过墙去。（下）

【注释】

①偌早晚：这时候。

②香散：香飘。

③绛台：红色的烛台。

④金荷：烛台上部承接烛泪的荷花形铜盘，盘上插烛，又称铜荷。

⑤银釭（gāng）：银白色的灯盏，烛台。晏几道《鹧鸪天》词："今宵剩把银釭照，犹恐相逢是梦中。"灿：指灯亮。

⑥梅红罗软帘：梅红色绫罗所制之软帐帘。

⑦明眸：睁眼。

⑧晚妆残：指昨晚莺莺因相思成疾，未经梳洗便入睡，而早晨起来又还未梳妆，故曰"晚妆残"。

⑨乌云亸（duǒ）：像乌云一样的秀发垂了下来。

⑩孜孜看：仔细看，认真看。

⑪害：怕。这是红娘对莺莺反复看信的嘲笑。

⑫做意：戏曲中指做出某种表情，这里指做出警觉、注意的样子。

⑬决撒：败露，坏了事。

⑭扢（gē）皱：皱起。

⑮指莺莺因为生气而变了脸色。

⑯过犯：过错。

⑰恶心烦：十分心烦，生气。这句意谓你派我去看张生，结果反倒向我大发脾气。

⑱出首：自己去坦白认罪，自首。

⑲证候：即症候，病症之意。

⑳外事：别的事，这里指男女越轨之事。

㉑早是：幸亏。

㉒调（tiáo）犯：当面嘲笑讥讽，背面说是道非。

㉓“撺（cuān）断”二句：哄人家爬梯子上了竿，自己却撤走梯子，看人家下不来。这里是说莺莺惹得张生害了相思病，却又撇下不管。撺断，怂恿、劝使、哄骗之意。掇：移动，挪开。

㉔有说话：指有关系，有责任。

㉕小孩儿家：这里指莺莺，是红娘的气恼口吻。

㉖一迷的：一味的，一个劲的。

㉗把似：假如，有“既然……何不……”之意。

㉘风范：榜样。这里是红娘的怨愤之辞，意即你既然这样使性子，那何不别再想张生，做个好人家女儿的榜样呢？

㉙罗衣不奈五更寒：语本李煜《浪淘沙》：“帘外雨潺潺，春意阑珊；罗衾不耐五更寒。”意即张生彻夜不眠，凄凉不堪。不奈，即不耐，不能抵挡。

㉚泪阑干：形容眼泪纵横的样子。语本白居易《长恨歌》：“玉容寂寞泪阑干，梨花一枝春带雨。”

㉛辰勾：星名，它很难看到，甚至终岁不见。

㉜缝了口：不透漏消息。撮合山，媒人。这一段是红娘因莺莺言语嗔怪而觉得委屈，实则她一心为莺莺和张生考虑，在公开场合她这个媒人绝对不会泄露此事，一定会为莺莺保密。

㉝杏花残：指暮春，天气已转暖。此句意为往常暮春时节，莺莺在

晚妆楼上犹觉春寒袭人，可是那一夜为了听张生弹琴，却在月下久立，不顾夜凉。

㉞先生：指张生。馔：吃喝，这里指吃下、吞下。

㉟胡颜：没脸、丢丑。此句是红娘讥笑莺莺听琴对张生的倾慕，那时候岂不感到丢脸、脸红吗？

㊱不酸不醋：即酸醋，意为酸溜溜。

㊲望夫山：多地有望夫山、望夫石之故事，如刘义庆《幽明录》载："武昌阳新县北山上有望夫石，状若人立。相传昔有贞妇，其夫从役，远赴国难，其妇携弱子饯送此山，立望夫而化为石，因以为名焉。"这两句仍是红娘嘲笑莺莺。

㊳艾焙（bèi）：本为中医的一种治疗方式，即"艾灸"。这里指责备、训斥之意。

㊴畅好是奸：真正是奸诈狡猾，指莺莺心口不一，当面一套，背后一套。

㊵擎（qíng）天柱：古人认为天的四周都有柱子支撑，这些柱子便是擎天柱。这里是张生对红娘的戏称，认为红娘的作用堪比擎天柱，表示信赖和敬重之意。

㊶命悭（qiān）：命不好。悭：欠缺。

㊷招状：犯人招认罪行的供词。

㊸勾头：逮捕罪犯的拘票。

㊹顾盼：照顾、留情。

㊺争些儿：差点儿。你娘：红娘自称，舞台上有喜剧效果。拖犯：拖累。

㊻凤去秦楼：凤凰离开了秦楼，萧史、弄玉夫妇无法双双飞去。云敛巫山：巫山没有行云，神女就不会到来。这里都是比喻莺莺与张生的婚事无成。

㊼赸（shàn）：走开，散伙。北方方言。

㊽讪（shàn）：埋怨，毁谤。

㊾分剖：辩解、诉说，指向莺莺诉说衷情。

㊿呆里撒奸：看起来呆傻诚实，实则内藏奸诈。

51骨肉摧残：指挨打。

52针关：穿线的针孔。粗麻线穿不过小小的针孔，比喻事情行不通，无能为力。

53帮闲钻懒：管别人的闲事，帮别人做不正经的事，意即为男女传情。送暖偷寒，为男女私会而奔走。这两句话意为你要我被打得腿跛、嘴唇被缝起来，去为你们奔忙吗？

54撮盐入火：盐入火即爆，比喻性情刚烈、脾气急躁。

55消息儿踏著泛：踩着机关的机纽，中人圈套、落入机关之意。消息儿：即机关，靠机械使物体转动，常用以捕兽、陷人。泛：也叫泛子，即机纽，触动它机关立刻反应转动。此句意即，我为你去找莺莺，向她传达你的心意，就好比踏着机关的泛子，是自投罗网。

56甜话儿热趱（zǎn）：用好话催说。趱：逼使走也。热趱：催促很紧。

57撮土焚香：指因来不及寻香炉，以土代香，撮土插香。

58哩也波，哩也啰：即戏曲、小说中所谓“如此这般”，北方方言，无具体含义，用以代指不便明言的事。

59做下来：做出不正当的事情来，指男女私通。

60社家：即行家。社，是宋元时期不同伎艺的人组成的团体，参加某社的人，即称某某社家。猜灯谜即为其中的一种。

61风流隋何，浪子陆贾：隋何、陆贾都是汉初人，二人都长于说辞，是汉高祖刘邦手下的智谋之士。隋何曾为刘邦说降楚将黥布；陆贾曾出使南越，说南越王赵佗内附。但隋陆二人均未见风流浪子事迹。

⑥②道儿：心计，计策。

⑥③鱼雁：指送信人。

⑥④转关：变化莫测，即耍手段之意。

⑥⑤跳东墙：用《孟子·告子》"逾东家墙而搂其处子，则得妻；不搂，则弗得也"句意。女字边干（gān）：拆字格，即"奸"字。

⑥⑥三更枣："枣"与"早"谐音，为约会的暗语。据《高僧传》记载，禅宗五祖弘忍准备传法给六祖慧能，给了他三粒粳米一枚枣，慧能领悟到是让他"三更早来"的隐语。

⑥⑦埋伏著九里山：计谋圈套之意。传说韩信曾在九里山前摆八卦阵，设下十面埋伏，使得项羽被围垓下，后自刎乌江。

⑥⑧慢：轻慢，有隐瞒不信任之意。这里是红娘对莺莺隐瞒回信内容表示不满。

⑥⑨玉板：又作"玉版"，白宣纸的一种，柔韧光洁，宜于书画。

⑦⓪稳情取：准能得到，一定能得到。金雀，妇女头上的钗簪；鸦鬟，乌黑的鬟发。金雀鸦鬟，代指美女。

⑦①取次看：轻视，等闲视之。取次有随意、轻慢之义。

⑦②更做道：纵然是、甚至于，表层进关系。孟光接了梁鸿案：用孟光梁鸿举案齐眉之事。梁鸿与孟光夫妻恩爱，每次吃饭，孟光都举案齐眉，对他非常尊重。这里将人物颠倒，意在调侃莺莺接受了张生的爱情，且主动约张生于西厢幽会。

⑦③为头儿：从头，从此。

⑦④离魂倩女：代指多情女子，此处指莺莺。用唐陈玄祐之传奇《离魂记》事：王宙与表妹张倩娘相爱至深，但倩娘之父将其另配他人，王宙伤心赴京，倩娘魂离躯体，追随王宙而去，两人一同在蜀同居五年，生有二子。五年后倩娘思念父母，王宙送她回家，到家后则见倩娘病卧在床，身体从未离家。倩娘魂与身相遇，遂合为一体。这里红娘将莺莺

比作倩娘，仍是调侃莺莺主动追求张生。

⑮掷果潘安：指张生。潘安，潘岳，字安仁。据说“潘岳妙有姿容，好神情。少时挟弹出洛阳道，妇人遇者，莫不连手共萦之”，（《世说新语·容止》）“投之以果，遂满载而归”。（《晋书·潘岳传》）后用潘安喻美男子。

⑯按：审察、检验。

⑰春山：比喻妇女美丽的眉毛。语本宋阮阅《眼儿媚》词：“也应似旧，盈盈秋水，淡淡春山。”

⑱此句意谓让你成就好事的是这次的简帖。证果：佛教术语，指经过苦心修行，得成佛菩萨等正果之位，这里用其“成功、达到目的”之意。

⑲扢（gē）扎帮：一下子、迅速，也叫“扢搭帮”，口语词。

⑳颓：骂人口语。

㉑继晷（guǐ）：指夜以继日。晷，日影，借指日光。

㉒倦客：指张生。

㉓鲁阳贪战：据《淮南子·览冥训》记载，战国时楚国的鲁阳公，与韩国交战正酣时，天色已晚。鲁阳公用戈一挥，“日为之反三舍”（一舍为三十里）。

㉔三足乌：即太阳，古代神话传说日中有三足乌鸦，故用以代指太阳。

㉕后羿（yì）：传说尧时有十个太阳，使庄稼都干枯而死，后羿善射，射落九个太阳，使百姓得以生存。

第三折

（红上云）今日小姐著我寄书与张生，当面偌多般假意儿，元来诗内暗约著他来。小姐也不对我说，我也不瞧破他，则请他烧香。今夜晚妆处比每日较别[1]，我看他到其间怎的瞒我？（红唤科）姐姐，咱烧香去来。（旦上云）花阴重叠香风细，庭院深沉淡月明。（红云）今夜月明风清，好一派景致也呵！

【双调】【新水令】晚风寒峭透窗纱，控金钩绣帘不挂[2]。门阑凝暮霭[3]，楼角敛残霞。恰对菱花[4]，楼上晚妆罢。

【驻马听】不近喧哗，嫩绿池塘藏睡鸭；自然幽雅，淡黄杨柳带栖鸦。金莲蹴损牡丹芽[5]，玉簪抓住荼蘼架[6]。夜凉苔径滑，露珠儿湿透了凌波袜[7]。

我看那生和俺小姐巴不得到晚。

【乔牌儿】自从那日初时想月华，捱一刻似一夏[8]。见柳梢斜日迟迟下，早道“好教贤圣打”[9]。

【搅筝琶】打扮的身子儿诈[10]，准备著云雨会巫峡。只为这燕侣莺俦[11]，锁不住心猿意马。

不则俺那小姐害，那生呵——

二三日来水米不粘牙。因姐姐闭月羞花，真假，这其间性儿难按纳[12]，一地里胡拿[13]。

姐姐这湖山下立地，我开了寺里角门儿。怕有人听俺说话，我且看一看。（做意了）偌早晚，傻角却不来"赫赫赤赤"来[14]？（末云）这其间正好去也，赫赫赤赤。（红云）那鸟来了[15]。

【沉醉东风】我则道槐影风摇暮鸦，元来是玉人帽侧乌纱。一个潜身在曲槛边[16]，一个背立在湖山下。那里叙寒温[17]？并不曾打话。

（红云）赫赫赤赤，那鸟来了。（末云）小姐，你来也。（搂住红科）（红云）禽兽！（末云）是我。（红云）你看得好仔细著！若是夫人怎了？（末云）小生害得眼花，搂得慌了些儿，不知是谁。望乞恕罪。（红唱）

便做道搂得慌呵，你也索觑咱，多管是饿得你个穷神眼花。

（末云）小姐在那里？（红云）在湖山下。我问你咱：真个著你来哩？（末云）小生猜诗谜社家，风流隋何，浪子陆贾，准定扢扎帮便倒地。（红云）你休从门里去，则道我使你来。你跳过这墙去，今夜这一弄儿助你两个成亲[18]。我说与你，依著我者。

【乔牌儿】你看那淡云笼月华，似红纸护银蜡[19]；柳丝花朵垂帘下[20]，绿莎茵铺著绣榻[21]。

【甜水令】良夜迢迢，闲庭寂静，花枝低亚[22]。他是个女孩儿家，你索将性儿温存，话儿摩弄，意儿谦洽[23]。休猜做败柳残花[24]。

【折桂令】他是个娇滴滴美玉无瑕，粉脸生春，云鬓堆鸦。恁的般受怕担惊，又不图甚浪酒闲茶[25]。则你那夹被儿时当奋发，指头儿告了消乏[26]。打叠起嗟呀[27]，毕罢了牵挂，收拾了忧愁，准备著撑达[28]。

（末作跳墙搂旦科）（旦云）是谁？（末云）是小生。（旦怒云）张生，你是何等之人！我在这里烧香，你无故至此。若夫人闻知，有何理说？（末云）呀，变了卦也！（红唱）

【锦上花】为甚媒人，心无惊怕？赤紧的夫妻每意不争差[29]。我这里蹑足潜踪，悄地听咱：一个羞惭，一个怒发。

【幺篇】张生无一言，呀，莺莺变了卦。一个悄悄冥冥，一个絮絮答答[30]。却早禁住隋何，迸住陆贾，叉手躬身，妆聋做哑。

张生背地里嘴那里去了？向前搂住丢番[31]，告到官司，怕羞了你？

【清江引】没人处则会闲嗑牙[32]，就里空奸诈[33]。怎想湖山边，不记“西厢下”。香美娘处分破花木瓜[34]。

（旦云）红娘，有贼！（红云）是谁？（末云）是小生。（红云）张生，你来这里有甚么勾当？（旦云）扯到夫人那里去。（红云）到夫人那里，恐坏了他行止[35]。我与姐姐处分他一场。张生，你过来，跪著！（生跪科）（红云）你既读孔圣之书，必达周公之礼[36]。夤夜来此何干[37]？

【雁儿落】不是俺一家儿乔作衙[38]，说几句衷肠话：我则道你文学海样深，谁知你色胆有天来大。

（红云）你知罪么？（末云）小生不知罪。（红唱）

【得胜令】谁著你夤夜入人家？非奸做贼拿。你本是个折桂客，做了偷花汉；不想去跳龙门，学骗马[39]。

姐姐，且看红娘面，饶过这生者。（旦云）若不看红娘面，扯你到夫人那里去，看你有何面目见江东父老[40]！起来。（红唱）谢小姐贤达，看我面遂情罢[41]。若到官司详察，“你既是秀才，只合苦志于寒窗之下，谁教你夤夜辄入人家花园？做得个非奸即盗。”先生呵，整备著精皮肤吃顿打[42]。（旦云）先生虽有活人之恩，恩则当报。既为兄妹，何生此心？万一夫人知之，先生何以自安？今后再勿如此。若更为之，与足下决无干休！（下）（末朝鬼门道云）你著我来，却怎么有偌多说话？（红扳过末云）羞也，羞也！却不“风流隋何，浪子陆贾”？（末云）得罪波“社家”，今日便早则死心塌地。（红唱）

【离亭宴带歇拍煞】再休题春宵一刻千金价，准备著寒窗更守十年寡。猜诗谜的社家，㐺拍了“迎风户半开”[43]，山障了“隔墙花影动”，绿惨了“待月西厢下”[44]。你将何郎粉面搽，他自把张敞眉儿画。强风情措大[45]。晴干了尤云殢雨心[46]，悔过了窃玉偷香胆，删抹了倚翠偎红话[47]。

（末云）小生再写一简，烦小娘子将去，以尽衷情如何？（红唱）淫词儿早则休，简帖儿从今罢。犹古自参不透风流调法[48]。从今后悔罪也卓文君，你与我学去波汉司马[49]。（下）

（末云）你这小姐送了人也！此一念小生再不敢举。奈有病体日笃[50]，将如之奈何？夜来得简方喜，今日强扶至此，又值这一场怨气，眼见休也。则索回书房中纳闷去。桂子闲中落，槐花病里看[51]。（下）

【注释】

①处：表时间，犹时候、之际。较别：特别，很不一样。

②控：空着。

③门阑：栅门，这里指院门。

④菱花：镜子。因古代镜子乃铜制，映日照于墙上，其光影如菱花，故以菱花代指铜镜。

⑤蹴损：踩坏。这里写莺莺与红娘踏着花草而行。

⑥荼蘼（tú mí）：蔷薇科植物，开白色重瓣花。玉簪：泛指首饰。

⑦凌波袜：指美女所穿之袜。典出曹植《洛神赋》："体迅飞凫，飘忽若神；凌波微步，罗袜生尘。"前文金莲蹴损、玉簪抓住、露珠湿袜都是写莺莺赴约的急切心理。

⑧捱一刻似一夏：写两人相互思念，度日如年。

⑨好：应当。贤圣：指羲和。传说羲和是为太阳驾车的神。好教贤圣打：即应该让羲和把太阳赶下山去。

⑩诈：漂亮，体面。

⑪燕侣莺俦：美好伴侣。莺燕都是双栖，故用"侣""俦"，常用来比喻夫妇。

⑫按纳：捉摸、判断，指莺莺的性情难以捉摸。一说按纳即按捺，控制之意，意谓在还不知道莺莺是真情还是假意时，张生就按捺不住自己了。

⑬一地里胡拿：一味地胡闹。

⑭赫赫赤赤：用嘴发出的一种声响，元剧中多用作男女约会之暗号。

⑮鸟（diǎo）：即"屌"，骂人口语。

⑯潜：躲藏。

⑰寒温：冷暖。这里指诉衷肠。

⑱一弄儿：一切，全部，所有这些。指两人相会的环境。

⑲红纸护银蜡：红纸罩着的白色蜡烛，就像是洞房里点燃的花烛。

⑳柳丝花朵垂帘下：此句意谓柳丝花朵就像新房放下来的帘幕。

㉑绿莎（suō）茵：绿草地。

㉒低亚：低压。亚：同压。

㉓谦洽：温柔体贴。

㉔猜做：看作。败柳残花：这里指已破身女子。

㉕浪酒闲茶：不正当的酒宴茶食，指男女调情时吃的酒菜。

㉖奋发：振作。消乏：疲倦。这两句据王伯良，为“亵词也”。

㉗打叠：收拾。嗟呀：伤感叹气声。

㉘撑达：多用于爱情，如愿、快意之意。

㉙赤紧：确实是。争差：差异，矛盾。此句意谓红娘认为他夫妻二人心意是一致的，所以她这个媒人不再担惊受怕。

㉚絮絮答答：唠唠叨叨，说个不停。

㉛丢番：即丢翻，放倒。

㉜闲嗑（kè）牙：扯淡，说闲话。

㉝就里：内里，心里。空奸诈，这里是反语，红娘埋怨张生此时无能。

㉞香美娘：指莺莺。处分：责备，数落。破：语助词，无义。花木瓜：本为安徽所产的一种瓜果，外面花纹很好看。后用来比喻好看而无实用、徒有其表的人和事。杂剧《李逵负荆》三折：“元来是花木瓜儿外看好。”

㉟行止：品行，名誉。

㊱达：通达，即通晓，熟知。

㊲夤（yín）夜：深夜。

㊳乔作衙：即乔坐衙，假装官长来升堂问案。为元代流行市语。乔：摹仿，假装。

㊴骗马：本为一种马戏，见《东京梦华录》。另有“跃而上马”之义。明代指哄骗、勾引妇女的隐语。此处，学骗马与跳龙门相对，指张生翻墙行为。

㊵有何面目见江东父老：用项羽兵败，自觉“无颜见江东父老”，遂于乌江自刎。此处是说张生做了违背圣训之事，无颜见故人。

㊶看我面遂情罢：看在我的面子上饶恕他吧。遂情：遂顺人情，给面子。

㊷整备：准备。精皮肤：指细皮嫩肉。精，细密。

㊸亣（qí 岐）拍”三句：是说莺莺诗中的约会，遇到了种种困难。亣拍：走板，不合拍。

㊹之前张生说自己是“猜诗谜的社家”，红娘笑他一件都没猜对。

㊺强（qiǎng）风情措大：指不懂风情强自装懂的酸秀才。强，勉强，不懂硬装懂。措大：即穷酸，对穷秀才的调侃语。

㊻尤云殢（tì）雨：缠绵不尽的情爱。尤、殢都是恋慕缠绵之意。晴干：晒干，是就云雨而言。

㊼倚翠偎红：指男女倚偎亲昵。翠、红：均指女子。

㊽犹古自：即犹自，尚未。风流调法：即哄诱女子的方法、手段。

㊾汉司马：司马相如，这里谓张生。

㊿笃：深、重。这句话意谓奈何病一天比一天重起来。

51“桂子”两句：只好在闲中、病里看桂子、槐花纷谢，表现自己失恋的心情，这里两句互文见义。以花落春残之伤春，比喻失恋的痛苦。

第四折

(夫人上云) 早间长老使人来，说张生病重。我著长老使人请个太医去看了，一壁道与红娘，看哥哥行问汤药去者。问太医下甚么药，证候如何，便来回话。(下) (红上云) 老夫人才说张生病沉重，昨夜吃我那一场气，越重了。莺莺呵，你送了他人[①]。(下) (旦上云) 我写一简，则说道药方，著红娘将去与他，证候便可。(旦唤红科) (红云) 姐姐，唤红娘怎么？(旦云) 张生病重，我有一个好药方儿，与我将去咱。(红云) 又来也。娘呵，休送了他人！(旦云) 好姐姐，救人一命，将去咱。(红云) 不是你，一世也救他不得！如今老夫人使我去哩，我就与你将去走一遭。(下) (旦云) 红娘去了，我绣房里等他回话。(下) (末上云) 自从昨夜花园中吃了这一场气，投著旧证候[②]，眼见得休了也。老夫人说，著长老唤太医来看我；我这颓证候，非是太医所治的。则除是那小姐美甘甘、香喷喷、凉渗渗、娇滴滴一点唾津儿咽下去，这屌病便可。(洁引太医上，“双斗医”科范了[③]) (下) (洁云) 下了药了，我回夫人话去，少刻再来相望。(下) (红上云) 俺小姐送得人如此，又著我去动问，送药方儿去，越著他病沉了也。我索走一遭。异乡易得离愁病，妙药难医断肠人！

【越调】【斗鹌鹑】则为你彩笔题诗[4]，回文织锦；送得人卧枕著床，忘餐废寝；折倒得鬓似愁潘，腰如病沈[5]。恨已深，病已沉，昨夜个热脸儿对面抢白，今日个冷句儿将人厮侵[6]。

昨夜这般抢白他呵！

【紫花儿序】把似你休倚著栊门儿待月，依著韵脚儿联诗，侧著耳朵儿听琴[7]。见了他撇假偌多话[8]："张生，我与你兄妹之礼，甚么勾当！"怒时节把一个书生来迭噷[9]。欢时节"红娘，好姐姐，去望他一遭！"将一个侍妾来逼临。难禁，好著我似线脚儿般殷勤不离了针[10]。从今后教他一任[11]。这的是俺老夫人的不是——

将人的义海恩山，都做了远水遥岑。
（红见末问云）哥哥病体若何？（末云）害杀小生也！我若是死呵，小娘子，阎王殿前少不得你做个干连人[12]。（红叹云）普天下害相思的，不似你这个傻角。

【天净沙】心不存学海文林[13]，梦不离柳影花阴，则去那窃玉偷香上用心。又不曾得甚，自从海棠开想到如今[14]。

因甚的便病得这般了？（末云）都因你行——怕说的谎——因小侍长上来[15]！当夜书房一气一个死。小生救了人，反被害了。自古人云："痴心女子负心汉"，今日反其事了。（红唱）

【调笑令】我这里自审，这病为邪淫，尸骨嵒嵒鬼病侵[16]。更做道秀才每从来恁[17]。似这般干相思的好撒唔[18]。功名上早则不遂心，婚姻上更返吟复吟[19]。

（红云）老夫人著我来，看哥哥要甚么汤药。小姐再三伸敬[20]，有一药方，送来与先生。（末做慌科）在那里？（红云）用著几般儿生药，各有制度[21]，我说与你：

【小桃红】"桂花"摇影夜深沉，酸醋"当归"浸[22]。（末云）桂花性温，当归活血，怎生制度？（红唱）面靠著湖山背阴里窨[23]。这方儿最难寻，一服两服令人恁[24]。（末云）忌甚么物？（红唱）忌的是"知母"未寝，怕的是"红娘"撒沁[25]。吃了呵，稳情取"使君子"一星儿"参"[26]。

这药方儿，小姐亲笔写的。（末看药方大笑科）（末云）早知姐姐书来，只合远接，小娘子……（红云）又怎么？却早两遭儿也。（末云）不知这首诗意，小姐待和小生"里也

波”哩。(红云)

不少了一些儿[27]?

【鬼三台】足下其实啉[28],休妆唔[29]。笑你个风魔的翰林,无处问佳音,向简帖儿上计禀[30]。得了个纸条儿恁般绵里针[31],若见玉天仙怎生软断禁[32]?俺那小姐忘恩,赤紧的偻人负心[33]。

书上如何说?你读与我听咱。(末念云)“休将闲事苦萦怀[34],取次摧残天赋才[35]。不意当时完妾命[36],岂防今日作君灾?仰图厚德难从礼[37],谨奉新诗可当媒。寄与高唐休咏赋,今宵端的雨云来。”此韵非前日之比,小姐必来。(红云)他来呵,怎生?

【秃厮儿】身卧著一条布衾,头枕著三尺瑶琴,他来时怎生和你一处寝?冻得来战兢兢,说甚知音?

【圣药王】果若你有心,他有心,昨日秋千院宇夜深沉;花有阴,月有阴,“春宵一刻抵千金”,何须“诗对会家吟”[38]?

(末云)小生有花银十两,有铺盖赁与小生一付。(红唱)

【东原乐】俺那鸳鸯枕,翡翠衾,便遂杀了人心[39],如何肯赁？至如你不脱解和衣儿更怕甚？不强如手执定指尖儿恁[40]？倘或成亲，到大来福荫。

（末云）小生为小姐如此容色[41]，莫不小姐为小生也减动丰韵么？（红唱）

【绵搭絮】他眉弯远山不翠，眼横秋水无光[42]，体若凝酥[43]，腰如弱柳，俊的是庞儿俏的是心，体态温柔性格儿沉[44]。虽不会法灸神针，更胜似救苦难观世[45]音。

（末云）今夜成了事，小生不敢有忘。（红唱）

【幺篇】你口儿里谩沉吟，梦儿里苦追寻。往事已沉，只言目今，今夜相逢管教恁。不图你甚白璧黄金，则要你满头花，拖地锦[46]。

（末云）怕夫人拘系，不能勾出来。（红云）则怕小姐不肯。果有意呵，

【煞尾】虽然是老夫人晓夜将门禁，好共歹须教你称心。

（末云）休似昨夜不肯。（红云）你挣揣咱[47]。来时节肯不肯尽由他，见时节亲不亲在于恁。（并下）

【络丝娘煞尾】因今宵传言送语，看明日携云握雨。

题目　老夫人命医士 崔莺莺寄情诗

正名　小红娘问汤药 张君瑞害相思

西厢记五剧第三本终

【注释】

①送了他人：葬送了他性命。

②投著：正中、应合，这里有勾起、引起之意。

③“双斗医”科范：指进行“双斗医”的一段表演。双斗医是剧名，院本、杂剧均有，是一种滑稽短剧，这里省去了表演的具体内容。科范，亦作“科泛”“科汎”，指剧中人表演的一定程式、规范。

④彩笔：用江淹“江郎才尽”之事，典出南朝梁人钟嵘《诗品》卷中，南朝梁文学家江淹晚年曾宿宣城治亭，梦见郭璞对他说：“我有笔在卿处多年矣，可以见还。”江淹从怀中拿出一支五色笔交给郭璞，后来江淹就再也没作过好诗了，“故世传江淹才尽”。后称有文采、文才为彩笔。

⑤折倒：折磨。潘指潘安，沈指沈约，潘鬓、沈腰，形容男子愁病。

⑥厮：相。侵：迫。厮侵：即相侵，欺负，冒犯。

⑦把似：既然……何不……　既然你昨夜这般抢白他呵，不如不要倚门待月、依韵联诗、月夜听琴。

⑧撇假：装假。

⑨迭噷（yìn）：即“撷窨”，顿足怨恨。

⑩好著我似线脚儿般殷勤不离了针：意思是好让我整天传书递简，像离不开针的线一样穿来穿去。

⑪一任：听凭，听从。此句意为随她怎么办，意即我不管了。

⑫干连人：牵连在内之人，有关系之人。

⑬学海文林：指学问文章。王嘉《拾遗记·后汉》记载，“何休木讷多智”，时人称之为“学海”；《后汉书·崔骃传论》记载：“崔氏世有美才，兼以沉沦典籍，遂为儒家文林。”

⑭海棠开想到如今：言相思之久。宋代郑文之妻孙夫人有《忆秦娥》：“愁登临，海棠开后，望到如今。”

⑮怕说的谎：难道我是说谎，意即绝不是谎言。小侍长：指莺莺。

⑯尸骨喦喦：犹言瘦骨嶙峋，身体消瘦，如皮包骨头。喦喦，山石高峻。鬼病：元剧中多指相思病。

⑰从来恁：从来都是这样。

⑱干相思：空相思，相思而不能如愿。撒唔（tun）：装傻，痴呆。

⑲返吟复吟：相命算卦时的术语，又作反吟伏吟。算卦时，如果遇到返吟复吟，则婚姻之事就会不顺利。

⑳伸敬：表达诚意。

㉑制度：制作的方法、用法等。

㉒酸醋当归浸，把当归浸泡在醋里。桂花、当归：均为中药名。此处利用谐音字，意思是在桂影摇曳的月夜，穷酸秀才要就寝的时候。

㉓窨（yìn）：藏于地窖。这里表面上是说把处置好的药藏于地下，暗指人躲藏在背阴暗处。

㉔恁：如此，这般，指病愈、顺心。

㉕知母、红娘：均为中药名，这里用其谐音。撒沁：据王锳《诗词曲语辞例释》，意为“嘴尖口快，随意胡诌”，这里是说担心丫环嘴尖口快而泄露消息。

㉖使君子：中药名。君子，谐音指张生。参：人参，中药名，与“生”谐音，此作“病愈”

㉗不少了一些儿：没有一点儿差错吗？意即你理解得准确吗，因为之前张生自诩为猜字谜“社家”，结果却在莺莺这里碰了一鼻子灰，故而红娘有此一问。

㉘啉（lín）：呆，傻。

㉙妆唔：即装唔，装傻。

㉚计禀（bǐn）：诉说。

㉛绵里针：针以丝绵包裹，比喻珍重、爱护之意。另说绵即软，针与“真”谐音。

㉜软厮禁：体贴顺从。

㉝赤紧的：真个是。倭人：指花言巧语、能说会道之人。一说倭人指老年人，即老夫人。

㉞闲事：无关紧要之事。可能指昨夜赖简之事。

㉟取次：轻易、草率。

㊱完妾命：保全了我的性命。

㊲仰：敬辞。图：报答。难从礼：难以遵从礼法。这里指莺莺决心违背封建礼教与张生私会。

㊳诗对会家吟：诗句要向能理解自己诗意的人吟诵。会家，即行家，这里有知音、知己之意。

㊴遂杀了人心：指顺了人心，心满意足。

㊵手执定指尖儿恁：隐语，用手指如此如此，指手淫。

㊶意即为小姐弄得如此憔悴。

㊷“他眉弯”二句：莺莺眉毛弯弯，使得远山显得不翠，双眸明亮，比得秋水无光，极言莺莺之美。

㊸凝酥：凝结之乳脂，形容肌肤之白腻。

㊹沉：稳重，沉稳。

㊺这里指莺莺可以治张生的相思病。

㊻满头花，拖地锦：均为结婚时的盛装打扮。

㊼挣揣：挣扎、振作、努力之意，也作争揣、争挫等。

西厢记五剧第四本

草桥店梦莺莺杂剧

楔　子

（旦上云）昨夜红娘传简去与张生，约今夕和他相见，等红娘来做个商量。（红上云）姐姐著我传简儿与张生，约他今宵赴约。俺那小姐，我怕又有说谎。送了他性命，不是耍处[①]。我见小姐，看他说甚么。（旦云）红娘，收拾卧房，我睡去。（红云）不争你要睡呵，那里发付那生？（旦云）甚么那生？（红云）姐姐，你又来也，送了人性命，不是耍处！你若又番悔[②]，我出首与夫人：你著我将简帖儿约下他来。（旦云）这小贱人倒会放刁。羞人答答的，怎生去！（红云）有甚的羞？到那里则合著眼者！（红催莺云）去来，去来！老夫人睡了也。（旦走科）（红云）俺姐姐语言虽是强，脚步儿早先行也。

【仙吕】【端正好】因姐姐玉精神，花模样，无倒断晓夜思量[3]。著一片志诚心，盖抹了漫天谎[4]。出画阁，向书房，离楚岫[5]，赴高唐，学窃玉，试偷香，巫娥女，楚襄王。楚襄王敢先在阳台上[6]。（下）

【注释】

①不是耍处：不是闹着玩的。处：语气词，啊，呢。

②番悔：即反悔、变卦。

③无倒断：无间断，无休无止。

④盖抹：遮盖、抹去，有纠正之义。漫天谎：弥天大谎，即老夫人本答应击退敌军者便将莺莺许配给他，但之后却对张生赖婚。

⑤楚岫（xiù）：即巫山，因巫山在楚地，故曰“楚岫”。岫即山峦。

⑥阳台：《高唐赋》说巫山神女在“阳台之下”，后指男女欢会之处。这里是说张生一定要在幽会这地等着了。

第一折

（末上云）昨夜红娘所遗之简[①]，约小生今夜成就。这早晚初更尽也，不见来呵，小姐休说谎咱！人间良夜静复静，天上美人来不来？

【仙吕】【点绛唇】伫立闲阶，夜深香霭、横金界[②]。潇洒书斋[③]，闷杀读书客。

【混江龙】彩云何在[④]？月明如水浸楼台。僧居禅室，鸦噪庭槐。风弄竹声，则道似金佩响[⑤]，月移花影，疑是玉人来。意悬悬业眼[⑥]，急攘攘情怀，身心一片，无处安排，则索呆答孩倚定门儿待[⑦]。越越的青鸾信杳[⑧]，黄犬音乖[⑨]。

小生一日十二时，无一刻放下小姐。你那里知道呵！

【油葫芦】情思昏昏眼倦开，单枕侧，梦魂飞入楚阳台。早知道无明无夜因他害，想当初不如不遇倾城色[⑩]。人有过，必自责，勿惮改。我却待“贤贤易色”将心戒[⑪]，怎禁他兜的上心来[⑫]。

【天下乐】我则索倚定门儿手托腮，好著我难猜：来也那不来？夫人行料应难离侧。望得人眼欲穿，想得人心越窄[13]，多管是冤家不自在[14]。

偌早晚不来，莫不又是谎么？

【那吒令】他若是肯来，早身离贵宅；他若是到来，便春生敝斋；他若是不来，似石沉大海。数著他脚步儿行，倚定窗棂儿待。寄语多才[15]：
【鹊踏枝】恁的般恶抢白，并不曾记心怀；拨得个意转心回[16]，夜去明来。空调眼色经今半载[17]，这其间委实难捱。

小姐这一遭若不来呵——

【寄生草】安排著害[18]，准备著抬。想著这异乡身强把茶汤捱，则为这可憎才熬得心肠耐[19]，办一片志诚心留得形骸在。试著那司天台打算半年愁[20]，端的是太平车约有十馀载[21]。

（红上云）姐姐，我过去，你在这里。（红敲科）（末问云）是谁？（红云）是你前世的娘。（末云）小姐来么？（红云）你接了衾枕者，小姐入来也。张生，你怎么谢我？（末拜云）小生一言难尽。寸心相报，惟天可表！（红云）你放轻者，休諕了他。（红推旦入云）姐姐，你入去，我在门儿外等你。（末见旦跪云）张生有何德能，敢劳神仙下降，知他是睡里梦里？

【村里迓鼓】猛见他可憎模样，小生那里得病来？早医可九分不快。先前见责，谁承望今宵欢爱！著小姐这般用心，不才张珙，合当跪拜。小生无宋玉般容，潘安般貌，子建般才[22]。姐姐，你则是可怜见为人在客。

【元和令】绣鞋儿刚半拆[23]，柳腰儿勾一搦[24]。羞答答不肯把头抬，只将鸳枕捱。云鬟仿佛坠金钗，偏宜鬏髻儿歪[25]。

【上马娇】我将这纽扣儿松，把搂带儿解，兰麝散幽斋。不良会把人禁害[26]，咍[27]，怎不肯回过脸儿来？

【胜葫芦】我这里软玉温香抱满怀。呀，阮肇到天台。春至人间花弄色，将柳腰款摆，花心轻拆，露滴牡丹开。

【幺篇】但蘸著些儿麻上来，鱼水得和谐，嫩蕊娇香蝶恣采。半推半就，又惊又爱，檀口揾香腮[28]。

（末跪云）谢小姐不弃，张珙今夕得就枕席，异日犬马之报。（旦云）妾千金之躯，一旦弃之。此身皆托于足下，勿以他日见弃，使妾有白头之叹[29]。（末云）小生焉敢如此！（末看手帕科[30]）

【后庭花】春罗元莹白，早见红香点嫩色。

(旦云)羞人答答的，看甚么。

(末唱)灯下偷睛觑，胸前著肉揣[31]。畅奇哉！浑身通泰，不知春从何处来。无能的张秀才，孤身西洛客，自从逢稔色[32]，思量的不下怀。忧愁因间隔，相思无摆划[33]。谢芳卿不见责。

【柳叶儿】我将你做心肝儿般看待，点污了小姐清白。忘餐废寝舒心害[34]，若不是真心耐，志诚捱，怎能勾这相思苦尽甘来？

【青哥儿】成就了今宵欢爱，魂飞在九霄云外。投至得见你多情小奶奶[35]，憔悴形骸，瘦似麻秸。今夜和谐，犹自疑猜。露滴香埃，风静闲阶，月射书斋，云锁阳台。审问明白，只疑是昨夜梦中来，愁无奈。

(旦云)我回去也，怕夫人觉来寻我。(末云)我送小姐出来。

【寄生草】多丰韵，忒稔色。乍时相见教人害，霎时不见教人怪，些时得见教人爱。今宵同会碧纱厨[36]，何时重解香罗带？

（红云）来拜你娘！张生，你喜也！姐姐，咱家去来。（末唱）

【赚煞】春意透酥胸，春色横眉黛，贱却人间玉帛。杏脸桃腮，乘著月色，娇滴滴越显得红白。下香阶，懒步苍苔，动人处弓鞋凤头窄㊲。叹鲰生不才㊳，谢多娇错爱。

若小姐不弃小生，此情一心者，你是必破工夫明夜早些来。（下）

【注释】

①遗（wèi）：赠送，给予，这里指红娘给张生送来书信。

②金界：佛寺。相传拘萨罗国的给孤独长者想选园林建精舍（讲经说法之所）献给释迦牟尼，他选中了舍卫城南波斯匿王太子祇陀的花园，但太子不同意，戏言说要“布金满地、厚敷五寸”才肯卖，后来给孤独长者果然用金将八十顷园地铺满，随之在此建立精舍。后遂称佛寺为金界、金田、金地。

③潇洒：本为洒脱之意，此处指书斋空旷、肃静。

④彩云：语意双关，既指天空之云彩，也指心爱的女子。宋晏几道《临江仙》词：“记得小苹初见，两重心字罗衣。琵琶弦上说相思。当时明月在，曾照彩云归。”据说小苹、小云为晏几道朋友家的两个歌女，后辗转于人间。词中彩云有说指小云，也有说指小苹，后用以喻指美人。这里彩云指莺莺。

⑤则道：以为。金佩：指莺莺身佩金玉的响声。

⑥业眼：造孽的眼睛，这是自怨自艾之语。

⑦呆答孩：呆呆的、发愣的样子。也作“呆打孩”。答孩，助词，无义。

⑧越越的：静悄悄的。青鸾信杳：没有音信。青鸾，即青鸟，相传为替西王母传信的使者。传说七月七日汉武帝在承华殿，“忽有青鸟从西方来，集殿前”，东方朔说这是西王母要来，不一会儿，西王母果然来了，还有两只青鸟相随侍。后来称传信使者为“青鸟”。

⑨黄犬音乖：没有音信。黄犬，也是比喻信使。据说晋代陆机有一条狗，名叫黄耳，传说它能送信，有一次陆机把信放在竹筒里，系在黄耳的颈下，把书信送回了家，黄耳又把家里的回信带给了陆机。乖：违背，这里指没有。

⑩不如不遇倾城色：这是相思到极点的反语。白居易《李夫人》诗：“生亦惑，死亦惑，尤物害人忘不得。人非草木皆有情，不如不遇倾城色。”

⑪贤贤易色：语出《论语·学而》：“子夏曰：‘贤贤易色……’”前“贤”为动词，意为尊重、重视，后“贤”为名词。易：改换。色：美色，这里指爱美色之心。

⑫兜的：陡地。这里是说张生爱恋莺莺之心欲罢而不能，写出了他对莺莺的爱恋之深。

⑬心越窄：心越是放不下来。

⑭不自在：受老夫人拘管，不自由，一说身体不舒服。

⑮寄语：传话，转告。多才：多才之人，指莺莺。

⑯拨得：赢得，换取，即“博得”。

⑰调眼色：眉来眼去，眉目传情。

⑱害：害相思病。

⑲心肠耐：忍耐心肠，耐着性子。

⑳司天台：掌管天文、推算历法的官署。这句话意谓，就算让司天台来计算我的愁，也得计算半年之久，意即忧愁之大。

㉑太平车：大型的载物车。十余载：十多辆。这句话意谓，就算让太平车来拉我的愁，也要十余辆车。这两句均以形象的方式来说明张生愁之大。

㉒子建：指曹操之子曹植，曹植字子建，很有才华。谢灵运曾说曹子建独占八斗之才。

㉓拆：拇指与中指伸开量物的长度，读音“zhǎ”，方言词。半拆，言莺足之小。

㉔一搦（nài）：犹一把、一握，形容腰细弱的样子。

㉕鬏（dí）髻：指发髻，束在头顶。

㉖不良：意同“可憎”“冤家”，都是爱极的反语。

㉗咍（hāi）：招呼声。

㉘檀口：这里指张生的嘴唇，唐代男子也可用檀涂口唇。揾：同吻。

㉙白头之叹：女子被抛弃的感叹。这里用卓文君事，司马相如曾欲娶茂陵人之女为妾，文君知之，“作《白头吟》以自绝，相如乃止”，《白头吟》有“皑如山上雪，皎若云间月。闻君有两意，故来相决绝”之句。

㉚看帕：旧时新婚之夜验帕，检验女子是否贞洁。

㉛揣（chuāi）：怀中藏。这里指把手帕藏在胸前。

㉜稔色（rěn sè）：美色，指莺莺。

㉝摆划（huāi）：处置，安排。

㉞舒心害：放任自己去害相思病。

㉟投至得：好不容易。小奶奶：昵称，指莺莺。

㊱碧纱厨：绿纱做成的床帐。李清照《醉花阴》词：“佳节又重阳，玉枕纱厨，半夜凉初透。”

㊲弓鞋凤头窄：窄小的凤头弓鞋。凤头为鞋名，此处泛指小脚所穿之鞋。

㊳鲰（zōu）生：小子，小人，自谦之词。不才：自称，谦辞。

第二折

(夫人引俫上云)这几日窃见莺莺语言恍惚，神思加倍，腰肢体态，比向日不同。莫不做下来了么?(俫云)前日晚夕，奶奶睡了，我见姐姐和红娘烧香，半晌不回来，我家去睡了。(夫人云)这桩事都在红娘身上。唤红娘来!(俫唤红科)(红云)哥哥唤我怎么?(俫云)奶奶知道你和姐姐去花园里去，如今要打你哩!(红云)呀，小姐，你带累我也[①]!小哥哥你先去，我便来也。(红唤旦科)(红云)姐姐，事发了也。老夫人唤我哩，却怎了?(旦云)好姐姐，遮盖咱!(红云)娘呵，你做的稳秀者[②]——我道你做下来也!(旦念)月圆便有阴云蔽，花发须教急雨催[③]。(红唱)

【越调】【斗鹌鹑】则著你夜去明来，到有个天长地久;不争你握雨携云[④]，常使我提心在口。则合带月披星，谁著你停眠整宿?老夫人心数多，情性㑇[⑤]，使不著我巧语花言，将没做有。

【紫花儿序】老夫人猜那穷酸做了新婿，小姐做了娇妻，“这小贱人做了牵头”[⑥]。俺小姐这些时春山低翠，秋水凝眸。别样的都休[⑦]，试把你裙带儿拴，纽门儿扣，比著你旧时肥瘦，出落得精神[8]，别样的风流。

(旦云) 红娘，你到那里，小心回话者。(红云) 我到夫人处，必问："这小贱人!

【金蕉叶】我著你但去处行监坐守[9]，谁著你迤逗的胡行乱走?"若问著此一节呵如何诉休[10]?你便索与他个知情的犯由[11]。

姐姐，你受责理当，我图甚么来?

【调笑令】你绣帏里效绸缪[12]，倒凤颠鸾百事有。我在窗儿外几曾轻咳嗽，立苍苔将绣鞋儿冰透。今日个嫩皮肤倒将粗棍抽，姐姐呵，俺这通殷勤的著甚来由[13]?

姐姐在这里等著，我过去。说过呵，休欢喜；说不过，休烦恼。(红见夫人科) (夫人云) 小贱人，为甚么不跪下!你知罪么?(红跪云) 红娘不知罪。(夫人云) 你故自口强哩。若实说呵，饶你；若不实说呵，我直打死你这个贱人!谁著你和小姐花园里去来?(红云) 不曾去，谁见来?(夫人云) 欢郎见你去来，尚故自推哩!(打科) (红云) 夫人，休闪了手[14]。且息怒停嗔，听红娘说。

【鬼三台】夜坐时停了针绣，共姐姐闲穷究[15]，说张生哥哥病久，咱两个背著夫人向书房问候。（夫人云）问候呵，他说甚么？（红云）他说来，道“老夫人事已休，将恩变为仇，著小生半途喜变做忧。”他道：“红娘你且先行，教小姐权时落后[16]。”

（夫人云）他是个女孩儿家，著他落后怎么？（红唱）

【秃厮儿】我则道神针法灸，谁承望燕侣莺俦[17]。他两个经今月馀则是一处宿，何须你一一问缘由？
【圣药王】他每不识忧，不识愁，一双心意两相投。夫人得好休[18]，便好休，这其间何必苦追求？常言道“女大不中留”。

（夫人云）这端事[19]，都是你个贱人！（红云）非是张生、小姐、红娘之罪，乃夫人之过也。（夫人云）这贱人到指下我来，怎么是我之过？（红云）信者，人之根本，“人而无信，不知其可也。大车无輗，小车无軏，其何以行之哉[20]？”当日军围普救，夫人所许退军者，以女妻之。张生非慕小姐颜色，岂肯建区区退军之策？兵退身安，夫人悔却前言，岂得不为失信乎？既然不肯成其事，只合酬之以金帛，令张生舍此而去。却不当留请张生于书院，使怨女旷夫[21]，各相早晚窥视，所以夫人有此一端。目下老夫人若不息其事，一来辱没相国家谱，二来张生日后名重天下，施恩于人，忍令反受其辱哉！使至官司[22]，夫人亦得治家不严之罪。官司若推其详[23]，亦知老夫人背义而忘恩，岂得为贤哉？红娘不敢自专[24]，乞望夫人台鉴[25]：莫若恕其小过，成就大事，㨉之以去其污[26]，岂不为长便乎？

【麻郎儿】秀才是文章魁首[27]，姐姐是仕女班头[28]；一个通彻三教九流[29]，一个晓尽描鸾刺绣。

【幺篇】世有、便休、罢手[30]，大恩人怎做敌头？起白马将军故友[31]，斩飞虎叛贼草寇。

【络丝娘】不争和张解元参辰卯酉[32]，便是与崔相国出乖弄丑[33]。到底干连著自己骨肉，夫人索穷究[34]。

（夫人云）这小贱人也道得是。我不合养了这个不肖之女。待经官呵，玷辱家门。罢，罢，俺家无犯法之男，再婚之女，与了这厮罢！红娘，唤那贱人来！（红见旦云）且喜姐姐，那棍子则是滴溜溜在我身上，吃我直说过了[35]，我也怕不得许多。夫人如今唤你来，待成合亲事。（旦云）羞人答答的，怎么见夫人？（红云）娘跟前有甚么羞！

【小桃红】当日个月明才上柳梢头，却早人约黄昏后[36]。羞的我脑背后将牙儿衬著衫儿袖。猛凝眸，看时节则见鞋底尖儿瘦。一个恣情的不休，一个哑声儿厮耨[37]。呸！

那其间可怎生不害半星儿羞？

（旦见夫人科）（夫人云）莺莺，我怎生抬举你来？今日做这等的勾当！则是我的孽障[38]，待怨谁的是！我待经官来，辱没了你父亲，这等事，不是俺相国人家的勾当。罢罢罢，谁似俺养女的不长俊[39]！红娘，书房里唤将那禽兽来！（红唤末科）（末云）小娘子，唤小生做甚么？（红云）你的事发了也。如今夫人唤你来，将小姐配与你哩。小姐先招了也，你过去。（末云）小生惶恐，如何见老夫人？当初谁在老夫人行说来？（红云）休佯小心，过去便了。

【小桃红】既然泄漏怎干休，是我相投首[40]。俺家里陪酒陪茶到㨃就[41]，你休愁，何须约定通媒媾[42]？我弃了部署不收[43]，你元来“苗而不秀”[44]。呸！你是个银样镴枪头[45]。

（末见夫人科）（夫人云）好秀才呵！岂不闻“非先王之德行不敢行”[46]？我待送你去官司里去来，恐辱没了俺家谱。我如今将莺莺与你为妻，则是俺三辈儿不招白衣女婿[47]，你明日便上朝取应去，我与你养著媳妇。得官呵，来见我；驳落呵[48]，休来见我。（红云）张生早则喜也。

【东原乐】相思事，一笔勾，早则展放从前眉儿皱，美爱幽欢恰动头[49]。既能勾，张生，你觑兀的般可喜娘庞儿也要人消受。

（夫人云）明日收拾行装，安排果酒，请长老一同送张生，到十里长亭去[50]。（旦念）寄语西河堤畔柳，安排青眼送行人[51]。（同夫人下）（红唱）

【收尾】来时节画堂箫鼓鸣春昼[52]，列著一对儿鸾交凤友。那其间才受你说媒红[53]，方吃你谢亲酒[54]。（并下）

【注释】

①带累：连累。

②稳秀：即隐秀，隐秘，谨慎。稳：通隐。红娘说你们干得可真隐蔽呀，实则是反话。

③发：开。这两句意为美好事物总是会遇到阻碍，遭受摧残。

④不争：只因为。

⑤㑇（zhòu）：固执，心胸狭窄。

⑥小贱人：指红娘，这是红娘模仿老夫人语气。牵头：男女私通的拉线人。《水浒传》第二十五回："便骂你这马泊六、做牵头的老狗，值甚么屁！"

⑦别样的都休：其他变化且不用说。

⑧出落：长成，指身体相貌变得更加光艳动人。

⑨但去处：只是去呀。处，语气词。行监坐守：监视看守莺莺的一举一动。

⑩休：语气词。

⑪你：红娘自指。犯由：犯罪原由，即罪状。

⑫绸缪（móu）：本义为紧紧捆缚，引申作缠绵，这里指男女欢会。《诗经·唐风·绸缪》："绸缪束薪，三星在天。今夕何夕，见此良人。"

⑬著甚来由：有什么理由呢？意即我这是为了什么呢？

⑭闪了手：扭伤了手。

⑮穷究：本指追根问底，此指聊天，说闲话，闲扯穷聊。

⑯权时：暂时。落后：落在后面，晚走一会儿。

⑰这两句意为我以为小姐去给他治病，谁想到他俩正配成双呢？

⑱休：罢休，了结。意即能够好好地了结，就了结了吧。

⑲这端事：这件事。

⑳"人而无信"五句：语出《论语·为政》。輗（ní）与軏（yuè）都是车辕前面安放套牲口横木的销子，大车上的称輗，小车上的称軏，车没有輗与軏，便无法套牲口，也就不能行走。

㉑怨女旷夫：成年未嫁之女为怨女，成年未娶之男为旷夫。《孟子·梁惠王下》："内无怨女，外无旷夫。"

㉒官司：本指百官，后用以指称官府。

㉓推其详：追究其中的详细情况。推：推问，追究。

㉔专：独断专行。自专：即自以为是，按自己的意见行事。

㉕台鉴：明察。台：敬称。

㉖挼（ruán）：揉搓，摩弄，这里指迁就、撮合、成就之意。

㉗文章魁首：文坛领袖，文章写得最好的人。魁首：首领。

㉘仕女班头：女中领袖，妇女中杰出人物。仕女：贵族妇女，大家闺秀；班头：领袖，首领。

㉙三教九流：比喻诸子百家各种学问。

㉚世有、便休、罢手：既然世上发生了这样的事，便不要再追究了，

意为既然张生与莺莺做出了这种事，就只能了结，放开手不必追究。

㉛起：请来，举荐。

㉜不争：如果。参（shēn）辰卯酉：指相互对立矛盾。参辰：参星和辰星，也称“参商”。两星此出彼落，不同时出现，比喻不睦或不能相见。卯酉（yǒu）：十二时辰之一，卯时为五至七时，酉时为十七时至十九时，比喻互不相见、对立不和。

㉝出乖弄丑：指因做错事丑事而丢人现眼。

㉞索穷究：应当慎重考虑。

㉟吃：受，被。这里指老夫人让我说通了。

㊱语出欧阳修《生查子》：“去年元夜时，花市灯如昼，月上柳梢头，人约黄昏后。”

㊲厮耨（nòu）：纠缠戏弄之意。

㊳孽（niè）障：即业障，罪过，报应。

㊴长俊：即长进，意为争气，有出息。

㊵投首：投案自首。

㊶“俺家里”句：婚姻一般是由男家备茶酒向女家求婚，现在反过来了，由女方崔家倒陪茶酒撮合成婚。茶，也是聘礼，故聘礼也称为茶礼。

㊷媒媾（gòu）：通过媒人而成婚。媾：结婚。

㊸部署：宋元时江湖上枪棒师傅的通称。这句话说我不做师傅了，意谓张生太软弱，我不再为你出主意帮忙了。

㊹苗而不秀：庄稼苗长得好，却不开花吐穗，比喻张生无用。秀：庄稼开花，这里还有双关义，指秀才。

㊺银样镴（là）枪头：元时习用语，枪头的样子看上去像是银的，很漂亮，实际上是镴做的。比喻好看而不实用的样子货，与前“花木瓜”意同。镴：锡与铅之合金，质地软软。

㊻非先王之德行（xìng）不敢行：不符合先王道德标准的事不敢做。语出《孝经·卿大夫章》："非先王之法服不敢服，非先王之法言不敢道，非先王之德行不敢行。"

㊼白衣：即平民。古代没有做官的人穿白衣，故以"白衣"代指没有功名官职的人。

㊽驳落：落第，没考中。郑廷玉《宋上皇御断金凤钗》第一折："投至二十载苦功名，却不想半霎剥落了。"

㊾恰动头：才开始。

㊿十里长亭：本指古代设在路旁供行人停宿、休息用的公用房舍，常用以代指送别饯行的地方。《白孔六帖》卷九："十里一长亭，五里一短亭。"

51青眼：诗中用以指柳叶，即柳的眼睛，李商隐《二月二日》诗有"花段柳眼各无赖"。此处又有双关义，用阮籍青白眼之典，《晋书·阮籍传》曾载"籍又能为青白眼，见礼俗之士，以白眼对之"，而自己欣赏的嵇康来了，便"大悦，乃见青眼"，后以青眼表示对人的重视、喜爱。

52来时节：指张生高中归来的时候。

53说媒红：赏给媒人的谢礼，红代指办婚事时的赏钱或谢礼。

54谢亲酒：这是宋元时习俗，婚后三天男方到女方家宴请岳父母及媒人，称为谢亲酒。

第三折

（夫人长老上云）今日送张生赴京，十里长亭安排下筵席。我和长老先行，不见张生、小姐来到。（旦末红同上）（旦云）今日送张生上朝取应，早是离人伤感[①]，况值那暮秋天气，好烦恼人也呵！悲欢聚散一杯酒，南北东西万里程。

【正宫】【端正好】碧云天，黄花地[②]，西风紧，北雁南飞。晓来谁染霜林醉？总是离人泪[③]。

【滚绣球】恨相见得迟，怨归去得疾。柳丝长玉骢难系[④]。恨不倩疏林挂住斜晖[⑤]。马儿迍迍的行[⑥]，车儿快快的随[⑦]。却告了相思回避，破题儿又早别离[⑧]。听得一声"去也"，松了金钏[⑨]；遥望见十里长亭，减了玉肌。此恨谁知！

（红云）姐姐，今日怎么不打扮？（旦云）你那知我的心里呵！

【叨叨令】见安排著车儿、马儿，不由人熬熬煎煎的气[⑩]；有甚么心情花儿、靥儿[⑪]，打扮的娇娇滴滴的媚；准备著被儿、枕儿，则索昏昏沉沉的睡；从今后衫儿、袖儿，都揾做重重叠叠的泪。兀的不闷杀人也么哥，兀的不闷杀人也么哥！久已后书儿、信儿，索与我恓恓惶惶的寄[⑫]。

（做到见夫人科）（夫人云）张生和长老坐，小姐这壁坐，红娘将酒来。张生，你向前来，是自家亲眷，不要回避。俺今日将莺莺与你，到京师休辱末了俺孩儿，挣揣一个状元回来者[13]。（末云）小生托夫人馀荫，凭著胸中之才，视官如拾芥耳[14]。（洁云）夫人主见不差，张生不是落后的人。（把酒了，坐）（旦长吁科）

【脱布衫】下西风黄叶纷飞，染寒烟衰草萋迷。酒席上斜签著坐的[15]，蹙愁眉死临侵地[16]。

【小梁州】我见他阁泪汪汪不敢垂[17]，恐怕人知；猛然见了把头低，长吁气，推整素罗衣[18]。

【幺篇】虽然久后成佳配，奈时间怎不悲啼[19]。意似痴，心如醉，昨宵今日，清减了小腰围。

（夫人云）小姐把盏者。（红递酒，旦把盏长吁科云）请吃酒。

【上小楼】合欢未已，离愁相继。想著俺前暮私情，昨夜成亲，今日别离。我谂知这几日相思滋味[20]，却元来此别离情更增十倍。

【幺篇】年少呵轻远别[21]，情薄呵易弃掷。全不想腿儿相挨，脸儿相偎，手儿相携。你与俺崔相国做女婿，妻荣夫贵[22]，但得一个并头莲，煞强如状元及第。

（夫人云）红娘把盏者。（红把酒科）（旦唱）

【满庭芳】供食太急，须臾对面，顷刻别离。若不是酒席间子母每当回避，有心待与他举案齐眉。虽然是厮守得一时半刻，也合著俺夫妻每共桌而食。眼底空留意[23]，寻思起就里[24]，险化做望夫石。

（红云）姐姐不曾吃早饭，饮一口儿汤水。（旦云）红娘，甚么汤水咽得下。

【快活三】将来的酒共食[25]，尝著似土和泥；假若便是土和泥，也有些土气息，泥滋味。

【朝天子】暖溶溶玉醅[26]，白泠泠似水。多半是相思泪。眼面前茶饭怕不待要吃[27]，恨塞满愁肠胃。蜗角虚名，蝇头微利[28]，拆鸳鸯在两下里。一个这壁，一个那壁，一递一声长吁气[29]。

（夫人云）辆起车[30]，俺先回去，小姐随后和红娘来。（下）（末辞洁科）（洁云）此一行别无话儿，贫僧准备买登科录看[31]，做亲的茶饭[32]，少不得贫僧的。先生在意[33]，鞍马上保重者。从今经忏无心礼，专听春雷第一声[34]。（下）（旦唱）

【四边静】霎时间杯盘狼藉，车儿投东，马儿向西。两意徘徊，落日山横翠。知他今宵宿在那里？有梦也难寻觅。

张生，此一行得官不得官，疾便回来。（末云）小生这一去，白夺一个状元[35]。正是：青霄有路终须到[36]，金榜无名誓不归[37]。（旦云）君行别无所赠，口占一绝[38]，为君送行：弃掷今何在，当时且自亲。还将旧来意，怜取眼前人[39]。（末云）小姐之意差矣，张珙更敢怜谁？谨赓一绝[40]，以剖寸心[41]：人生长远别，孰与最关亲？不遇知音者，谁怜长叹人[42]？（旦唱）

【耍孩儿】淋漓襟袖啼红泪[43]，比司马青衫更湿[44]。伯劳东去燕西飞，未登程先问归期。虽然眼底人千里[45]，且尽生前酒一杯。未饮心先醉，眼中流血，心里成灰[46]。

【五煞】到京师服水土[47]，趁程途节饮食[48]，顺时自保揣身体[49]。荒村雨露宜眠早，野店风霜要起迟[50]。鞍马秋风里，最难调护，最要扶持[51]。

【四煞】这忧愁诉与谁？相思只自知，老天不管人憔悴。泪添九曲黄河溢，恨压三峰华岳低[52]。到晚来闷把西楼倚，见了些夕阳古道，衰柳长堤。

【三煞】笑吟吟一处来，哭啼啼独自归。归家若到罗帏里，昨宵个绣衾香暖留春住，今夜个翠被生寒有梦知。

留恋你别无意，见据鞍上马，阁不住泪眼愁眉[53]。

(末云) 有甚言语，嘱付小生咱？(旦唱)

【二煞】你休忧文齐福不齐[54]，我则怕你停妻再娶妻[55]。休要一春鱼雁无消息[56]，我这里青鸾有信频须寄，你却休金榜无名誓不归。此一节君须记：若见了那异乡花草，再休似此处栖迟[57]。

(末云) 再谁似小姐，小生又生此念？(旦唱)

【一煞】青山隔送行，疏林不做美，淡烟暮霭相遮蔽。夕阳古道无人语，禾黍秋风听马嘶[58]。我为甚么懒上车儿内？来时甚急，去后何迟！

(红云) 夫人去好一会，姐姐，咱家去。(旦唱)

【收尾】四围山色中，一鞭残照里。遍人间烦恼填胸臆，量这些大小车儿如何载得起[59]？

(旦红下) (末云) 仆童，赶早行一程儿，早寻个宿处。泪随流水急，愁逐野云飞。(下)

【注释】

①早是：早已是。

②碧云天，黄花地：语出范仲淹《苏幕遮》词："碧云天，黄叶地，秋色连波，波上寒烟翠。"黄花：指菊花，李清照《声声慢》词有"满地黄花堆积"。

③这两句意谓离人的眼泪好似已成血，将深秋早晨的枫林都染红了。醉：红色，人喝醉酒脸色会起红晕。《董西厢》卷六："君不见满川红叶，尽是离人眼中血。"

④玉骢（cōng）：马名，即玉花骢，一种青白色的骏马。此句意谓柳丝虽长，但却留不住张生。

⑤倩：即请，央请。辛弃疾《水龙吟·登建康赏心亭》："倩何人唤取，红巾翠袖，揾英雄泪！"此为无理之句，恨不得请疏林将余晖挂住，意即让太阳迟一点落山，好让张生晚一点走，表现了莺莺惜别的痴情。

⑥迍（tún）迍：行动缓慢，留连不进的样子，犹"慢吞吞"。

⑦车儿：指莺莺所坐之马车。张生骑马慢行，莺莺坐车快随，写出了两人缠绵情深、难舍难分之状。

⑧破题：本指诗文的开头，这里指事情的开端。意即才刚刚结束了相思，却又开始了离别。

⑨钏（chuàn）：手镯。松了金钏：手镯松脱，指莺莺因张生离去而消瘦。

⑩熬熬煎煎：即熬煎，折磨，使自己痛苦。

⑪花儿、靥（yè）儿：即花钿。靥：古代妇女贴在额头或两鬓的花饰。也有指在酒窝处修饰的。

⑫恓恓惶惶：即恓惶，悲伤的样子。

⑬挣揣：这里是争取、夺得之意。

⑭拾芥（jiè）：拾草，比喻轻而易举。视官如拾芥：把得官看得如拾

草那样容易。

⑮斜签著坐：侧身半坐，这里指张生。旧时晚辈在长辈面前不能实坐，只能斜身坐一侧。

⑯死临侵地：呆呆地，没精打采的样子。临侵：语助词，无义。

⑰阁泪：含泪，噙泪。阁：即搁，此为忍住，含着之意。

⑱推整素罗衣：装作整理衣裳。推：推托、借故，这里有“假装”的意思。指张生含泪不想让人看见，猛然被人看到，便假装在整理衣裳。

⑲奈时间：奈何这段时间，意思是怎奈时间太长。

⑳谂（shěn）知：熟知、深知。

㉑年少呵轻远别：年轻人不把离别当回事。

㉒妻荣夫贵：本为夫荣妻贵，指妻子可以依靠丈夫的爵位而尊贵，这里反其义而用之，意思是说你与俺崔相国家做女婿，本已因妻而贵，大可不必再去求取功名了。

㉓眼底空留意：只能空以眉目传情，因母亲在座，有所避忌，不得与张生同桌共食以诉衷曲，故而只能以目传情表达心意。

㉔就里：内里、内心。

㉕将：拿。将来：即拿来。

㉖玉醅（pēi）：美酒。

㉗怕不待要：难道不想，何尝不想。

㉘蜗角虚名，蝇头微利：指微小的浮名小利。蜗角：蜗牛的角，意谓很小，典出《庄子·则阳》：“有国于蜗之左角者，日触氏；有国于蜗之右角者，日蛮氏。时相与争地而战，伏尸数万，逐北旬有五日而后反（按，即返）。”蝇头：苍蝇的头，也是比喻细小。班固《难庄论》：“众人之逐世利，如青蝇之赴肉汁也。青蝇嗜肉汁而忘溺死，众人贪世利而陷罪祸。”苏轼词《满庭芳·警悟》有：“蜗角虚名，蝇头微利，算来着甚干忙？”

㉙一递一声：你一声，我一声，指两个人的叹气声相互交替。

㉚辆：此处作动词，指驾好、套起。

㉛登科录：登载科举考试被录取进士姓名的名册。唐人称为进士登科记，宋人称为登科小录。

㉜做亲的茶饭：指结婚的筵席。

㉝在意：注意、留神。

㉞春雷第一声：指张生高中状元的好消息。进士考试于春正、二月举行，故称中第消息为春雷第一声。

㉟白：不费力气，指轻而易举。

㊱青霄：青云，指科举中第、飞黄腾达。

㊲金榜：殿试被录取的进士榜单，是用黄纸书写的，故曰“金榜”，也叫“黄甲”。

㊳口占：不打草稿，随口吟出。

㊴这首莺莺口占之诗出自唐代元稹之《莺莺传》，原是莺莺被张生抛弃之后所作，这里是莺莺设想张生赴京后的情景，担心张生变心、自己被弃。

㊵赓（gēng）：续，续作。

㊶剖：表白。剖心，即为表白真诚之心。

㊷这首诗表明自己除莺莺之外再无知己。孰与：与谁。长叹人：张生自指。

㊸淋漓：沾湿的样子。红泪：女子的泪，即“血泪”。据王嘉《拾遗记》记载，魏文帝宠爱的美人薛灵芸被选入宫时，与父母辞别，用玉壶接自己的泪水，壶中竟出现红色，等到了京城，“壶中泪凝如血”。

㊹此处用白居易《琵琶行》诗意：“座中泣下谁最多，江州司马青衫湿。”

㊺眼底：眼前。人千里：指要去到千里之外的人。

㊻眼中流血，心里成灰：用《烟花录》所记之事：有一商人在行船途中与岸边高楼中一美女相恋，但不能如愿，商人货物卖完只有离去，女子思念成疾而死，父亲将其尸首焚化时，发现她心中有一块东西像铁一样无法焚化，将其磨试之后，能“照见中有舟楼相对，隐隐如有人形”。后来商人来找这个女子，得知此事，用重金换得此物，“不觉泪下成血，滴心上，心即成灰”。这里形容极度悲痛。

㊼服：适应，习惯。

㊽趁程途：赶路。

㊾顺时：指顺应时令，适应季节之变化。保揣：保护、爱惜。一说揣为虚弱的身体。

㊿这二句互文见义，指荒村野店，雨露风霜，应当早睡晚起。

51扶持：保重身体。

52三峰华岳：即西岳华山，在今陕西省华阴县南。

53阁不住：忍不住。

54文齐福不齐：指有文才却没有考中，当时习语。

55停妻再娶妻：指将前妻抛在一边而另行娶妻，即重婚。

56一春：泛指一季，很长时间。

57栖迟：本指逗留游息，这里指流连、迷恋。

58禾黍：指庄稼。

59此句意为“量这些小小车儿怎能装得下”，说明莺莺愁恨之大。大小车儿：即小车儿，指莺莺觉得愁多，便嫌车小。大小为偏义复词。

第四折

（末引仆骑马上开）离了蒲东早三十里也，兀的前面是草桥，店里宿一宵，明日赶早行。这马百般儿不肯走。行色一鞭催去马[①]，羁愁万斛引新诗[②]。

【双调】【新水令】望蒲东萧寺暮云遮，惨离情半林黄叶[③]。马迟人意懒，风急雁行斜。离恨重叠，破题儿第一夜。

想着昨日受用，谁知今日凄凉！

【步步娇】昨夜个翠被香浓薰兰麝，欹珊枕把身躯儿趄[④]。脸儿厮揾者[⑤]，仔细端详，可憎的别[⑥]。铺云鬓玉梳斜，恰便似半吐初生月[⑦]。

早至也。店小二哥那里？（小二哥上云）官人，俺这头房里下。（末云）琴童，接了马者。点上灯，我诸般不要吃，则要睡些儿。（仆云）小人也辛苦，待歇息也。（在床前打铺做睡科）（末云）今夜甚睡得到我眼里来也！

【落梅风】旅馆欹单枕，秋蛩鸣四野[⑧]，助人愁的是纸窗儿风裂。乍孤眠被儿薄又怯[⑨]，冷清清几时温热！

（末睡科）（旦上云）长亭畔别了张生，好生放不下。老夫人和梅香都睡了，我私奔出城，赶上和他同去。

【乔木查】走荒郊旷野，把不住心娇怯[10]，喘吁吁难将两气接。疾忙赶上者，打草惊蛇[11]。

【搅筝琶】他把我心肠扯[12]，因此不避路途赊[13]。瞒过俺能拘管的夫人，稳住俺厮齐攒的侍妾[14]。想著他临上马痛伤嗟，哭得我也似痴呆。不是我心邪[15]，自别离已后，到西日初斜，愁得来陡峻[16]，瘦得来咋嚯[17]。则离得半个日头[18]，却早又宽掩过翠裙三四褶[19]。谁曾经这般磨灭[20]。

【锦上花】有限姻缘[21]，方才宁贴[22]；无奈功名，使人离缺。害不了的愁怀[23]，却才觉些[24]；掉不下的思量，如今又也。清霜净碧波，白露下黄叶。下下高高，道路凹折[25]；四野风来，左右乱踅[26]。我这里奔驰，他何处困歇？

【清江引】呆答孩店房儿里没话说，闷对如年夜。暮雨催寒蛩，晓风吹残月，今宵酒醒何处也[27]？

（旦云）在这个店儿里，不免敲门。（末云）谁敲门哩？是一个女人的声音，我且开门看咱。这早晚是谁？

【庆宣和】是人呵疾忙快分说，是鬼呵合速灭。（旦云）是我。老夫人睡了，想你去了呵，几时再得见，特来和你同去。（末唱）听说罢将香罗袖儿拽[28]，却元来是姐姐、姐姐。

难得小姐的心勤！

【乔牌儿】你是为人须为彻[29]，将衣袂不藉[30]。绣鞋儿被露水泥沾惹，脚心儿管踏破也[31]。

（旦云）我为足下呵，顾不得迢递[32]。（旦唧唧了[33]）

【甜水令】想著你废寝忘餐，香消玉减，花开花谢，犹自觉争些[34]。便枕冷衾寒，凤只鸾孤[35]，月圆云遮，寻思来有甚伤嗟？

【折桂令】想人生最苦离别！可怜见千里关山[36]，犹自跋涉。似这般割肚牵肠，到不如义断恩绝。虽然是一时间花残月缺，休猜做瓶坠簪折[37]。不恋豪杰，不羡骄奢，生则同衾，死则同穴[38]。

（外净一行扮卒子上叫云[39]）恰才见一女子渡河，不知那里去了，打起火把者！分明见他走在这店中去也。将出来！将出来！（末云）却怎了？（旦云）你近后，我自开门对他说。

【水仙子】硬围著普救寺下锹撅[40]，强当住咽喉仗剑钺[41]。贼心肠馋眼脑天生得劣。

（卒子云）你是谁家女子，夤夜渡河？

（旦唱）休言语，靠后些！杜将军你知道他是英杰，觑一觑著你为了醯酱[42]，指一指教你化做肯血[43]——骑著匹白马来也。

（卒子抢旦下）（末惊觉云）呀，元来却是梦里。且将门儿推开看，只见一天露气，满地霜华，晓星初上，残月犹明。无端喜鹊高枝上，一枕鸳鸯梦不成。

【雁儿落】绿依依墙高柳半遮，静悄悄门掩清秋夜，疏刺刺林梢落叶风，昏惨惨云际穿窗月。

【得胜令】惊觉我的是颤巍巍竹影走龙蛇，虚飘飘庄周梦蝴蝶[44]，絮叨叨促织儿无休歇[45]，韵悠悠砧声儿不断绝[46]。痛煞煞伤别，急煎煎好梦儿应难舍；冷清清的咨嗟，娇滴滴玉人儿何处也？

（仆云）天明也，咱早行一程儿，前面打火去[47]。（末云）店小二哥，还你房钱，鞴了马者[48]。

【鸳鸯煞】柳丝长咫尺情牵惹，水声幽仿佛人呜咽。斜月残灯，半明不灭。唱道是旧恨连绵，新愁郁结；恨塞离愁，满肺腑难淘泻[49]。除纸笔代喉舌[50]，千种相思对谁说[51]！（并下）

【络丝娘煞尾】都则为一官半职，阻隔得千山万水。

题目　小红娘成好事 老夫人问由情

正名　短长亭斟别酒 草桥店梦莺莺

西厢记五剧第四本终

【注释】

①行色：出行时的情景。

②羁愁：羁旅之愁，即远行在外、他乡漂泊之愁。斛（hú）：古代的量器，十斗为一斛，南宋末改为五斗一斛。万斛，形容多。羁愁万斛，极言愁之多。

③半林黄叶：黄叶稀疏，一片深秋萧瑟的场景。

④攲（qī）：斜靠。珊枕：比喻华美的枕头。趄（qiè）：歪斜。

⑤厮揾：互相依偎着。

⑥别：特别、格外。可憎的别，即特别可爱，异常可爱。

⑦半吐：半露，在云里半露出来。初生月：弯弯的月亮，这里指莺莺美丽光洁的面庞，一说指玉梳。

⑧蛩（qióng）：蟋蟀。

⑨怯：指因被寒而使人怯。

⑩把不住：止不住。

⑪打草惊蛇：指做事不周密，致使别人有了防备。这里指免得惊动了别人。语出唐代王鲁之事，王鲁为当涂县令贪图财物，有人向他控告其手下主簿贪污，王鲁在状子上批道："汝虽打草，吾已蛇惊。"

⑫撦（chě）：即扯，牵扯，牵挂。

⑬赊（shē）：远。

⑭齐攒：搅闹、搅扰。

⑮心邪：心中着了邪，指胡思乱想。

⑯陡峻：山陡而高。这里指愁的严重程度。

⑰哞嗻（chē zhē）：厉害。这里指瘦得很。

⑱则离得半个日头：才离开半日。半个日头：半天。

⑲褶（zhé）：指衣褶。这里指莺莺消瘦，以致翠裙都宽出三四褶。

⑳磨灭：折磨。

㉑有限姻缘：指已经注定的姻缘。一说指张生莺莺的姻缘是需要张生高中方成，因为有一定限度。但据下句“方才宁贴”，前说更为合理。

㉒宁贴：平稳妥帖。

㉓害不了的愁怀：犹言没完没了的愁思。了，完结。

㉔却才觉些：刚刚好些。觉：同“较”，病愈。

㉕凹折：坑坑洼洼，曲折。

㉖踅（xué）：盘旋，旋转。

㉗语本柳永《雨霖铃》词：“今宵酒醒何处？杨柳岸、晓风残月。”

㉘拽（yè）：拉，拖。

㉙为人须为彻：帮人要帮到底，有始有终，为宋元俗语。

㉚藉：顾惜。此句意为不顾惜衣衫。

㉛管：肯定，准是。

㉜迢递：遥远的样子。

㉝唧唧：形容叹息声。

㉞犹自觉争些：还自以为好一些，算不了什么。意即当初害相思时我为你失魂落魄，还不像现在这样痛苦。

㉟枕冷衾寒，凤只鸾孤：指夫妻分离，形单影只。

㊱关山：关隘山川，代指路途。

㊲瓶坠簪折：比喻拆散夫妻，半路分离。白居易有《井底引银瓶》诗写一对青年男女私定终身，在男家居住了五六年，仍为公婆所不容，

女子被抛弃，临行时作诗：“井底引银瓶，银瓶欲上丝绳绝；石上磨玉簪，玉簪欲成中央折。瓶坠簪折知奈何？似妾今朝与君绝！”

㊳生则同衾，死则同穴：指夫妻生死与共，不离不弃。语出《诗经·王风·大车》：“谷（生也）则异室，死则同穴。”

㊴外净：杂剧角色名。一行：一帮人。

㊵撅（jué）：大锄，挖土的工具。

㊶剑钺（yuè）：兵器名，形同大斧。剑钺：泛指兵器。

㊷醯（xī）酱：即肉酱。

㊸膋（láo）血：血水。

㊹虚飘飘庄周梦蝴蝶：原来是虚飘飘的一场幻梦被惊醒了。庄周梦蝴蝶，用庄周之事，《庄子·齐物论》：“昔者庄周梦为胡蝶，栩栩然胡蝶也。自喻适志与，不知周也。俄然觉，则蘧蘧然周也。不知周之梦为胡蝶与？胡蝶之梦为周与？周与胡蝶则必有分矣，此之谓物化。”胡蝶，即蝴蝶。后用为梦的典故。

㊺促织儿：即蟋蟀。

㊻砧（zhēn）声：捣衣声。砧：捣衣石。

㊼打火：旅途中吃饭。

㊽鞴（bèi）：把鞍辔等套在马身上，即备马。

㊾淘泻：宣泄、排遣。

㊿除纸笔代喉舌：除非是用纸笔写信表述衷肠。

51此句暗用柳永词《雨霖铃》：“便纵有、千种风情，更与何人说。”

西厢记五剧第五本

张君瑞庆团圞杂剧

楔　子

（末引仆人上开云）自暮秋与小姐相别，倏经半载之际[①]，托赖祖宗之荫，一举及第，得了头名状元。如今在客馆，听候圣旨御笔除授[②]。惟恐小姐挂念，且修一封书，令琴童家去，达知夫人，便知小生得中，以安其心。琴童过来，你将文房四宝来[③]，我写就家书一封，与我星夜到河中府去。见小姐时，说："官人怕娘子忧，特地先著小人将书来。"即忙接了回书来者。过日月好疾也呵！

【仙吕】【赏花时】相见时红雨纷纷点绿苔[④]，别离后黄叶萧萧凝暮霭。今日见梅开，别离半载。琴童，我嘱付你的言语记著！则说道特地寄书来。（下）

（仆云）得了这书，星夜望河中府走一遭。（下）

【注释】

①倏（shū）：疾速，很快。

②除授：拜官授职。除：任命，授职。御笔除授：皇帝亲笔任命。

③文房四宝：指笔、墨、纸、砚四种文具。文房：即书房。

④红雨：落花。李贺《将进酒》："况是青春日将暮，桃花乱落如红雨。"

第一折

（旦引红娘上开云）自张生去京师，不觉半年，杳无音信。这些时神思不快，妆镜懒抬，腰肢瘦损，茜裙宽褪[①]，好烦恼人也呵！

【商调】【集贤宾】虽离了我眼前，却在心上有[②]；不甫能离了心上[③]，又早眉头。忘了时依然还又，恶思量无了无休[④]。大都来一寸眉峰[⑤]，怎当他许多颦皱？新愁近来接著旧愁，厮混了难分新旧。旧愁似太行山隐隐[⑥]，新愁似天堑水悠悠[⑦]。

（红云）姐姐往常针尖不倒[⑧]，其实不曾闲了一个绣床，如今百般的闷倦。往常也曾不快，将息便可[⑨]，不似这一场，清减得十分利害。（旦唱）

【逍遥乐】曾经消瘦，每遍犹闲[⑩]，这番最陡。

（红云）姐姐心儿闷呵，那里散心耍咱。（旦唱）何处忘忧？看时节独上妆楼[⑪]，手卷珠帘上玉钩[⑫]，空目断山明水秀。

见苍烟迷树[13]，衰草连天，野渡横舟[14]。

（旦云）红娘，我这衣裳，这些时都不似我穿的。（红云）姐姐，正是“腰细不胜衣”。[15]（旦唱）

【挂金索】裙染榴花，睡损胭脂皱；纽结丁香，掩过芙蓉扣[16]；线脱珍珠[17]，泪湿香罗袖；杨柳眉颦[18]，人比黄花瘦[19]。

（仆人上云）奉相公言语，特将书来与小姐。恰才前厅上见了夫人，夫人好生欢喜，著入来见小姐，早至后堂。（咳嗽科）（红问云）谁在外面？（见科）（红见仆人，红笑云）你几时来？可知道昨夜灯花报，今朝喜鹊噪[20]。姐姐正烦恼哩。你自来？和哥哥来？（仆云）哥哥得了官也，著我寄书来。（红云）你则在这里等著，我对俺姐姐说了呵，你进来。（红见旦笑科）（旦云）这小妮子怎么？（红云）姐姐大喜，大喜！咱姐夫得了官也！（旦云）这妮子见我闷呵，特故哄我[21]。（红云）琴童在门首，见了夫人了，使他进来见姐姐，姐夫有书。（旦云）惭愧[22]，我也有盼著他的日头[23]！唤他入来。（仆入见旦科）（旦云）琴童，你几时离京师？（仆云）离京一月多也。我来时，哥哥去吃游街棍子去了[24]。（旦云）这禽兽不省得，状元唤做夸官，游街三日。（仆云）夫人说的便是。有书在此。（旦做接书科）

【金菊香】早是我只因他去减了风流，不争你寄得书来又

与我添些儿证候[25]。说来的话儿不应口[26]，无语低头，书在手，泪凝眸。(旦开书看科)

【醋葫芦】我这里开时和泪开，他那里修时和泪修，多管阁著笔尖儿未写早泪先流[27]，寄来的书泪点儿兀自有。我将这新痕把旧痕湮透[28]，正是一重愁翻做两重愁。

(旦念书科)“张珙百拜，奉启芳卿可人妆次：自暮秋拜违，倏尔半载。上赖祖宗之荫，下托贤妻之德，举中甲第[29]。即目于招贤馆寄迹[30]，以伺圣旨御笔除授[31]。惟恐夫人与贤妻忧念，特令琴童奉书驰报，庶几免虑。小生身虽遥而心常迩矣，恨不得鹣鹣比翼[32]，邛邛并躯[33]。重功名而薄恩爱者，诚有浅见贪饕之罪[34]。他日面会，自当请谢不备[35]。后成一绝，以奉清照[36]：玉京仙府探花郎[37]，寄语蒲东窈窕娘。指日拜恩衣昼锦[38]，定须休作倚门妆[39]。”

【幺篇】当日向西厢月底潜，今日向琼林宴上挡[40]。谁承望跳东墙脚步儿占了鳌头[41]？怎想道惜花心养成折桂手？脂粉丛里包藏著锦绣[42]？从今后晚妆楼改做了至公楼[43]！

(旦云)你吃饭不曾？(仆云)上告夫人知道：早晨至今，空立厅前，那有饭吃？(旦云)红娘，你快取饭与他吃。(仆云)感蒙赏赐，我每就此吃饭。夫人写书，哥哥著小人索了夫人回书，至紧[44]，至紧。(旦云)红娘，将笔砚来。

（红将来科）（旦云）书却写了，无可表意。只有汗衫一领，裹肚一条，袜儿一双，瑶琴一张，玉簪一枚，斑管一枝。琴童，你收拾得好者。红娘，取银十两来，就与他盘缠。（红娘云）姐夫得了官，岂无这几件东西，寄与他有甚缘故？（旦云）你不知道，这汗衫儿呵。

【梧叶儿】他若是和衣卧，便是和我一处宿；但粘著他皮肉，不信不想我温柔。

（红云）这裹肚要怎么？（旦唱）
常则不要离了前后，守著他左右，紧紧的系在心头。
（红云）这袜儿如何？（旦唱）
拘管他胡行乱走。
（红云）这琴他那里自有，又将去怎么？（旦唱）

【后庭花】当日五言诗紧趁逐[45]，后来因七弦琴成配偶。他怎肯冷落了诗中意，我则怕生疏了弦上手。

（红云）玉簪呵，有甚主意？（旦唱）
我须有个缘由，他如今功名成就，则怕他撇人在脑背后。
（红云）斑管[46]，要怎的？（旦唱）
湘江两岸秋，当日娥皇因虞舜愁[47]，今日莺莺为君瑞忧。这九嶷山下竹[48]，共香罗衫袖口——

【青哥儿】都一般啼痕湮透。似这等泪斑宛然依旧[49]，万古情缘一样愁。涕泪交流，怨慕难收[50]。对学士叮咛说缘由，是必休忘旧。

（旦云）琴童，这东西收拾好者。（仆云）理会得。（旦唱）

【醋葫芦】你逐宵野店上宿，休将包袱做枕头，怕油脂腻展污了恐难酬[51]。倘或水浸雨湿休便扭[52]，我则怕干时节熨不开褶皱。一桩桩一件件细收留。

【金菊花】书封雁足此时修，情系人心早晚休[53]？长安望来天际头，倚遍西楼，人不见，水空流[54]。

（仆云）小人拜辞，即便去也。（旦云）琴童，你见官人对他说。（仆云）说甚么？（旦唱）

【浪里来煞】他那里为我愁，我这里因他瘦。临行时啜赚人的巧舌头[55]：指归期约定九月九，不觉的过了小春时候[56]。到如今悔教夫婿觅封侯[57]。

（仆云）得了回书，星夜回俺哥哥话去。（下）

【注释】

①茜裙：红裙。茜：茜草，可作红色染料。

②此两句意为张生虽不在我眼前，却在我心上。他本作“虽离了我眼前闷”，据毛西河本删。

③不甫能：即甫能，方才，刚刚之意。

④恶思量：犹言相思得厉害。恶：形容思量的程度。

⑤大都来：统共算来，只不过。宋代王观《卜算子》词：“水是眼波横，山是眉峰聚。”

⑥隐隐：高大的样子，这里形容山之高，言其耸入天际，隐约不明。杜牧《寄扬州韩绰判官》：“青山隐隐水迢迢，秋尽江南草未凋。”

⑦天堑（qiàn）：天然的大沟，指长江。堑：壕沟。

⑧不倒：不停。这里指常做女红。

⑨将息：将养休息。李清照《声声慢》：“乍暖还寒时候，最难将息。”

⑩每遍犹闲：每次都还平常，还不算什么。闲：轻，不要紧。

⑪看时节：欣赏景致的时候。

⑫语本五代李璟《摊破浣溪沙》词：“手卷真珠上玉钩，依前春恨锁重楼。”

⑬苍烟迷树：远处天色苍茫，与树影混在一起，一片迷蒙。

⑭语本唐代韦应物《滁州西涧》：“春潮带雨晚来急，野渡无人舟自横。”

⑮腰细不胜衣：腰肢瘦弱，连衣服都支撑不起来了。胜：禁得住。

⑯这两句意谓莺莺消瘦，衣服变得宽大，穿时要掩起许多。丁香纽、芙蓉扣，纽扣的美称。丁香又是古典诗词中常见的愁品，丁香结象征郁结不解的愁心，唐代李商隐《代赠》诗有：“芭蕉不展丁香结，同向春风各自愁。”此处意有所指。

⑰线脱珍珠：形容滴滴眼泪，好似断线的珍珠一样。

⑱杨柳眉：形容美女的眉毛，美如柳叶。唐代白居易《长恨歌》

有：“芙蓉如面柳如眉，对此如何不泪垂。”

⑲语出李清照《醉花阴》：“莫道不消魂，帘卷西风，人比黄花瘦。”

⑳灯花报、喜鹊噪：旧时被看作是喜事的预兆。灯花，灯心余烬形成的结，似花形，故名灯花，也称灯花报喜。喜鹊叫被认为是吉祥的预兆，将有喜事或亲人到来。唐代杜甫《羌村三首》其一：“柴门鸟雀噪，归客千里至。”其中“鸟雀噪”，便是指喜鹊叫。

㉑特故：故意，特意。

㉒惭愧：表示侥幸、终于得到的惊喜心理，犹如谢天谢地。

㉓日头：日子。

㉔吃游街棍子：本是元代处置犯人的刑罚，这里是琴童插科打诨，指状元夸官游街。

㉕不争：谁知、不料。

㉖说来的话儿不应口：指说话不算话。因先前临别时，莺莺曾嘱咐张生“此一行得官不得官，疾便回来”，但现在张生高中，仍未归家。

㉗多管：准是。阁著：停住。

㉘新痕把旧痕湮透：意谓莺莺读信时的泪水，滴在张生写信时的泪痕之上。

㉙举中甲第：科举考试中了甲第，即考了第一等。科举考试中甲等是最高等第，又分为三甲，一甲即为状元、榜眼、探花，赐进士及第；二甲赐进士出身，三甲赐同进士出身。

㉚即目：眼下，目前。寄迹：寄托踪迹，暂时寄身。

㉛伺（sì）：等候。

㉜鹣（jiān）鹣：即比翼鸟，不比翼不飞。喻夫妻或恋人形影不离。

㉝邛（qióng）邛：传说中的兽名，腿长善跑，但不善觅食。另有蟨（jué）兽腿短，善于觅食而不善跑。因此二兽并行，蟨觅食供给邛邛，遇有危险则邛邛背负蟨逃跑。邛邛并躯喻夫妻恩爱，形影不离。

㉞贪饕（tāo）：贪得无厌。饕：饕餮，传说中贪食的恶兽。这里指贪图功名。

㉟请谢：请罪，赔罪。不备：不尽。

㊱清照：旧时书信中常用的敬辞，请您阅看的意思，同“明鉴、雅鉴”。

㊲玉京：指京城。仙府：指状元居处。卢储《催妆》诗：“昔年将去玉京游，第一仙人许状头。”探花郎：又称探花使，本指进士中最年少者，这里是对进士的通称。到了南宋，探花才专指进士第三名。

㊳衣昼锦：白天穿着锦绣衣裳还乡，又称衣锦还乡，指富贵还乡。用项羽之事，《史记·项羽本纪》记载“项羽引兵西屠咸阳”，“烧秦宫室”，有人劝他说，这里土地肥沃，地势险固，可以在此建都，项羽回答说：“富贵不归故乡，如衣绣夜行，谁知之者?”

㊴此句意谓自己很快就会回来，不要过于思念。倚门妆，倚门期待的样子，本指母亲倚门盼望儿子，典出《战国策·齐策六》，这里指莺莺盼望张生回来。

㊵琼林宴：皇帝为新进士举行的宴会，因筵席曾设于汴京城西的琼林苑而得名。掐（chōu）：本指用手指弹奏乐器，这里有出风头、露脸面之意。

㊶占了鳌头：中状元。唐宋科举考试殿试发榜时，赞礼官会将东班状元、西班榜眼二人引到宫殿的石级之下，而状元会稍前一步，立在中间的石级之上，而石的正中雕有飞龙及巨鳌，故称状元独占鳌头。

㊷锦绣：锦绣才子，指有才华之人。

㊸至公楼：本指科举考试试院大堂，至公指主考官，这里至公楼代指官衔。

㊹至紧：要紧。

㊺趁逐：追逐、追求。

㊻斑管：即斑竹制笔管，斑竹，即湘妃竹，生于湖南九嶷山。

㊼虞（yú）舜，即舜，远古部落有虞氏的领袖，故称虞舜。此处用娥皇、女英与舜帝之故事。所说舜帝南巡，病死后葬于苍梧，舜的两个妃子娥皇、女英追至苍梧，泪下沾竹，于是竹子上都有了泪痕一样的斑纹，故名。

㊽九嶷山下竹：即斑竹。

㊾宛然：好像。依旧：相似，一样。

㊿怨慕：怨恨思慕。慕：思慕，怀恋。

51展污：即弄脏。酬：酬赠，指回赠给张生。

52扭：即拧。

53早晚：多早晚，几时，何时。此句意谓这种牵肠挂肚的相思何时才能结束。

54语本宋代秦观《江城子》词："犹记多情曾为系归舟。碧野朱桥当日事，人不见，水空流。"

55啜（chuò）赚：哄骗、哄弄。赚：意为用计骗。

56小春：指旧历十月，又叫小阳春。

57悔教夫婿觅封侯：语出王昌龄《闺怨》诗："闺中少妇不知愁，春日凝妆上翠楼。忽见陌头杨柳色，悔教夫婿觅封侯。"意思是不该让丈夫去从军以求封侯之赏，这里是说莺莺后悔让张生去赶考求取功名。

第二折

(末上云)画虎未成君莫笑，安排牙爪始惊人[①]。本是举过便除[②]，奉圣旨，著翰林院编修国史。他每那知我的心，甚么文章做得成！使琴童递佳音，不见回来。这几日睡卧不宁，饮食少进，给假在驿亭中将息。早间太医院著人来看视，下药去了。我这病，卢扁也医不得[③]。自离了小姐，无一日心闲也呵！

【中吕】【粉蝶儿】从到京师，思量心旦夕如是[④]，向心头横躺著俺那莺儿。请医师，看诊罢，一星星说是[⑤]。本意待推辞，则被他察虚实不须看视[⑥]。

【醉春风】他道是医杂证有方术[⑦]，治相思无药饵。莺莺，你若是知我害相思，我甘心儿死、死。四海无家，一身客寄，半年将至。

(仆上云)我则道哥哥除了，元来在驿亭中抱病。须索回书去咱。(见了科)(末云)你回来了也。

【迎仙客】疑怪这噪花枝灵鹊儿[⑧]，垂帘幕喜蛛儿[⑨]，正应著短檠上夜来灯爆时[10]。若不是断肠词，决定是断肠诗。

(仆云) 小夫人有书至此。(末接科)

写时管情泪如丝。既不呵，怎生泪点儿封皮上渍[11]？

(末读书科) “薄命妾崔氏拜覆，敬奉才郎君瑞文几：自音容去后，不觉许时[12]，仰敬之心，未尝少怠。纵云日近长安远，何故鳞鸿之杳矣[13]？莫因花柳之心[14]，弃妾恩情之意。正念间，琴童至，得见翰墨，始知中科，使妾喜之如狂。郎之才望，亦不辱相国之家谱也。今因琴童回，无以奉贡[15]，聊有瑶琴一张，玉簪一枚，斑管一枝，裹肚一条，汗衫一领，袜儿一双，权表妾之真诚。匆匆草字欠恭，伏乞情恕不备。谨依来韵，遂继一绝云：阑干倚遍盼才郎，莫恋宸京黄四娘[16]。病里得书知中甲，窗前览镜试新妆。”那风风流流的姐姐！似这等女子，张珙死也死得著了。

【上小楼】这的堪为字史[17]，当为款识[18]，有柳骨颜筋，张旭张芝，羲之献之[19]。此一时[20]，彼一时，佳人才思，俺莺莺世间无二。

【幺篇】俺做经咒般持[21]，符箓般使[22]。高似金章[23]，重似金帛，贵似金赀。这上面若佥个押字[24]，使个令史[25]，差个勾使[26]，则是一张忙不及印赴期的咨示[27]。

（末拿汗衫儿科）休说文章，则看他这针凿，人间少有。

【满庭芳】怎不教张生爱尔，堪针工出色，女教为师[28]。几千般用意针针是[29]，可索寻思。长共短又没个样子，窄和宽想象著腰肢，好共歹无人试。想当初做时，用煞那小心儿。

小姐寄来这几件东西，都有缘故，一件件我都猜著。

【白鹤子】这琴，他教我闭门学禁指[30]，留意谱声诗[31]。调养圣贤心，洗荡巢由耳[32]。

【二】这玉簪，纤长如竹笋，细白似葱枝，温润有清香，莹洁无瑕玼[33]。

【三】这斑管，霜枝曾栖凤凰，泪点渍胭脂。当时舜帝恸娥皇[34]，今日淑女思君子。

【四】这裹肚，手中一叶绵[35]，灯下几回丝[36]，表出腹中愁，果称心间事[37]。

【五】这鞋袜儿，针脚儿细似虮子[38]，绢帛儿腻似鹅脂，既知礼不胡行，愿足下当如此。

琴童，你临行，小夫人对你说什么？（仆云）著哥哥休别继良姻。（末云）小姐，你尚然不知我的心哩！

【快活三】冷清清客店儿，风淅淅雨丝丝，雨儿零风儿细梦回时[39]，多少伤心事！

【朝天子】四肢不能动止，急切里盼不到蒲东寺[40]。小夫人须是你见时，别有甚闲传示[41]？我是个浪子官人，风流学士，怎肯带残花折旧枝[42]。自从、到此，甚的是闲街市[43]。

【贺圣朝】少甚宰相人家，招婿的娇姿？其间或有个人儿似尔，那里取那温柔，这般才思？想莺莺意儿，怎不教人梦想眠思。

琴童来，将这衣裳东西收拾好者。

【耍孩儿】则在书房中倾倒个藤箱子，向箱子里面铺几张纸。放时节须索用心思，休教藤刺儿抓住绵丝。高抬在衣架上怕吹了颜色，乱穰在包袱中恐剉了褶儿[44]。当如此，切须爱护，勿得因而[45]。

【二煞】恰新婚才燕尔，为功名来到此。长安忆念蒲东寺。昨宵爱春风桃李花开夜，今日愁秋雨梧桐叶落时[46]。愁如是，身遥心迩，坐想行思。

【三煞】这天高地厚情，直到海枯石烂时。此时作念何时止，直到烛灰眼下才无泪，蚕老心中罢却丝[47]。我不比游荡轻薄子，轻夫妇的琴瑟[48]，拆鸾凤的雄雌。

【四煞】不闻黄犬音[49]，难传红叶诗[50]，驿长不遇梅花使[51]。孤身去国三千里[52]，一日归心十二时[53]。凭栏视，听江声浩荡，看山色参差。

【尾】忧则忧我在病中，喜则喜你来到此。投至得引人魂卓氏音书至[54]，险将这害鬼病的相如盼望死[55]。(下)

【注释】

①“画虎未成”两句：在虎还没有画成的时候不要取笑它，一旦把爪牙画完，就才一举惊人。比喻人未发达时不可取笑他，一旦功成名就便会惊人，宋元时习语。

②举过便除：考中科举之后就授予官职。除：除授，授官。

③卢扁：春秋时良医扁鹊，《史记·扁鹊仓公列传》载其事迹，因其“家于卢国，因命之曰卢医也”（见张守节《史记》正义），故又称卢扁。

④思量心：思念莺莺的心。旦夕如是：从早到晚都是如此强烈。

⑤一星星：一点一滴，一件一件。是：对，正确。

⑥察虚实：将病症看得清清楚楚。虚实本为中医辨别人体正气强弱和病邪盛衰的两个概念。虚证是指正气虚弱不足的证候，实证是指邪气亢盛有馀的证候。

⑦杂证：即各种病症。方术：治疗方法。

⑧疑怪：难怪，怪不得。

⑨喜蛛：即蟢蛛，一种长腿小蜘蛛，也是有亲人来的喜兆。

⑩灯爆：即前所谓灯花，灯烬爆为花结。灯爆与灵鹊、喜蛛都是吉兆。

⑪渍（zì）：浸湿，沾染。

⑫许时：许多时，这多时。许：估量之词。

⑬鳞鸿：即鱼雁，指书信。

⑭花柳：寻花问柳，指爱怜别的女子。

⑮奉贡：奉献。贡：献。

⑯宸京：帝京，京城。宸，北极星所居，用以指帝王宫殿，也代称帝王。黄四娘：代指美女，即离别之时莺莺所担心的“异乡花草”。杜甫《江畔独步寻花》之六：“黄四娘家花满蹊，千朵万朵压枝低。”

⑰字史：掌字之史，书法之史，掌管书法的官员，一说可以作为写字的范本。

⑱款识（zhì）：本指古代钟鼎彝器上铭刻的文字，陶宗仪《辍耕录·古铜器》（卷十七）曰：“所谓款识，乃分二义：款：谓阴字，是凹入者，刻画成之；识：谓阳字，是挺出者。”后世书画上题名也称款识。这里是说莺字之好，可以刻出来流传，即把莺字当作艺术品来看待。

⑲柳：指唐代柳公权。骨：指字的结构。颜：指唐代颜真卿；筋：运笔的方法。张旭：唐代书法家，善草书，有“草圣”之称。张芝：东汉书法家，善草书。羲之献之：即晋代大书法家王羲之、王献之父子，世称“二王”。意谓莺字之好，可以与著名书法家媲美。

⑳此一时：指此刻莺莺所寄之书信。彼一时：指当初两人相恋时莺莺所作之诗简。

㉑经咒：宗教经文、咒语。咒：梵语音译，义为能持、能遮。持：握。

㉒符篆：道教中可消灾除病的秘密文字。

㉓金章：官员的金印。

㉔佥个押字：签字画押。押：花押，即主管官员在文字的末尾签署名字。周密《癸辛杂识》后集：“古人押字，谓之花押印，是用名字稍花之。”

㉕令史：衙门中的文书。

㉖勾使：衙门里拘捕、提取犯人的差役，这里泛指差役。

㉗印：盖印章。咨：公文。

㉘女教为师：可以成为教育女子的师表。

㉙几千般用意针针是：一针一线都有许多用意。

㉚闭门学禁指：闭门弹琴，学习杜绝邪念的意旨。古人认为弹琴可以使人心地纯正，不致产生邪念。

㉛留意谱声诗：在乐歌所表现的纯正思想上用心。声诗：指乐歌，即周代经乐工配乐可歌的民歌，《诗经》即是入乐民歌的一部总集。孔子曰："《诗》三百，一言以蔽之，曰：思无邪。"（《论语·为政》）这也是"留意于声诗""学禁指"的目的。

㉜洗荡巢由耳：巢，指巢父；由，指许由。二人都是尧时隐居不仕的高士。据说尧让天下给许由，许由不接受，且认为这话玷污了自己的耳朵，就去颍水边洗耳朵。巢父听说放由洗耳的事之后，认为水也被污染了，就把牛牵到上游去饮水。这句话仍是与前两句一样，即培养高洁的情操。

㉝瑕玼（cī）：玉中的红斑，即瑕疵。

㉞恸：使恸哭。

㉟一叶绵：一片丝绵，谐音"一夜眠"，意谓缝制时一夜无眠。

㊱丝：与"思"谐音，指思念张生。

㊲果：与"裹"谐音，指裹在张生身上，能使他称心如意。

㊳虮（jǐ）子：虱子卵，白色，喻极为细小。

㊴梦回时：梦醒时。

㊵蒲东寺：即普救寺。寺在蒲州之东，故称蒲东寺。

㊶"小夫人"两句意谓一定是你见小夫人时，瞎传了什么闲话吧？

㊷带残花折旧枝：指去歌楼妓馆。残花、旧枝：比喻妓女。

㊸甚的是：何者是，不知道什么是。甚的是闲街市：不知道什么是

闲街市，意即不曾胡乱行走。

㊹穰（rǎng）：揉搓，乱放。剉（cuò）：折坏、错开，一说“揉”。

㊺因而：轻视，马虎。

㊻语出唐代白居易《长恨歌》：“春风桃李花开日，秋雨梧桐叶落时。”上句谓新婚时节，下句谓今日离别之愁。

㊼语出唐代李商隐《无题》诗：“春蚕到死丝方尽，蜡炬成灰泪始干。”烛灰：蜡烛燃烧成灰。丝：与“思”谐音，思念。罢却丝：指停止相思。

㊽琴瑟：本为两种乐器名，琴瑟合奏声音和谐，比喻夫妻感情和美。《诗经·周南·关雎》：“窈窕淑女，琴瑟友之。”轻夫妇的琴瑟：不看重夫妻恩爱。

㊾黄犬：代指传信的信使。

㊿难传红叶诗：难通音讯，此处用红叶题诗故事。唐代有一个宫女在红叶上题诗，放在御沟水上漂下，被一个书生拾到。后来皇帝放一批宫女出来嫁人，其中题诗的宫女与一个书生成婚，婚后发现竟然是对方拾到了自己的红叶诗。

(51)梅花使：驿使，代指传书送信之人。驿长不遇梅花使：意即无人捎信。南朝宋时盛弘之《荆州记》记有陆凯与范晔之事，陆凯从江南寄梅花一枝给范晔，并赠花诗曰：“折梅逢驿使，寄与陇头人。江南无所有，聊赠一枝春。”

(52)去国：指离乡。国：故国，故乡。

(53)十二时：指一昼夜。古代以十二地支记一昼夜时辰，每一时辰为两小时。

(54)投至得：直等到，好不容易等到。卓氏：卓文君，这里指莺莺。

(55)害鬼病的相如：即司马相如，此处为张生自指。

第三折

（净扮郑恒上开云）自家姓郑，名恒，字伯常。先人拜礼部尚书，不幸早丧。后数年，又丧母。先人在时，曾定下俺姑娘的女孩儿莺莺为妻[①]，不想姑夫亡化，莺莺孝服未满，不曾成亲。俺姑娘将著这灵榇，引著莺莺，回博陵下葬。为因路阻，不能得去。数月前写书来，唤我同扶柩去。因家中无人，来得迟了。我离京师，来到河中府，打听得孙飞虎欲掳莺莺为妻，得一个张君瑞退了贼兵。俺姑娘许了他。我如今到这里，没这个消息便好去见他；既有这个消息，我便撞将去呵，没意思。这一件事，都在红娘身上。我著人去唤他，则说："哥哥从京师来，不敢来见姑娘，著红娘来下处来[②]，有话去对姑娘行说去。"去的人好一会了，不见来。见姑娘和他有话说。（红上云）郑恒哥哥在下处，不来见夫人，却唤我说话。夫人著我来，看他说甚么。（见净科）哥哥万福。夫人道："哥哥来到呵，怎么不来家里来？"（净云）我有甚颜色见姑娘[③]？我唤你来的缘故是怎生？当日姑夫在时，曾许下这门亲事。我今番到这里，姑夫孝已满了，特地央及你去夫人行说知，拣一个吉日，了这件事，好和小姐一答里下葬去[④]。不争不成合，一答里路上难厮见。若说得肯呵，我重重的相谢你。（红云）这一节话再也休题。莺莺已与了别人了也。（净云）道不得“一马不跨双鞍”[5]！可怎生父在时曾许了我，父丧之后母到悔亲？这个道理那里有！（红云）却非如此说。当日孙飞虎将半万贼兵来时，哥哥你在那里？若不是那生呵，那里得俺一家儿来？今日太平无事，却来争亲；倘被贼人掳去呵，哥哥如何去争？（净云）与了一个富家，也不枉了，却与了这个穷酸饿醋。偏我不如他？我仁者能仁、身里出身的根脚[6]，又是亲上做亲，况兼他父命。（红云）他到不如你？噤声[7]！

【越调】【斗鹌鹑】卖弄你仁者能仁，倚仗你身里出身；至如你官上加官，也不合亲上做亲[8]。又不曾执羔雁邀媒[9]，献币帛问肯[10]。恰洗了尘[11]，便待要过门。枉腌了他金屋银屏[12]，枉污了他锦衾绣裀。

【紫花儿序】枉蠢了他梳云掠月[13]，枉羞了他惜玉怜香，枉村了他殢雨尤云[14]。当日三才始判[15]，两仪初分[16]；乾坤，清者为乾，浊者为坤，人在中间相混[17]。君瑞是君子清贤，郑恒是小人浊民。

（净云）贼来，怎地他一个人退得？都是胡说！（红云）我对你说。

【天净沙】把河桥飞虎将军，叛蒲东掳掠人民，半万贼屯合寺门[18]，手横著霜刃，高叫道要莺莺做压寨夫人。

（净云）半万贼，他一个人济甚么事？（红云）贼围之甚迫，夫人慌了，和长老商议，拍手高叫："两廊不问僧俗，如退得贼兵的，便将莺莺与他为妻。"忽有游客张生，应声而前曰："我有退兵之策，何不问我？"夫人大喜，就问其计何在。生云："我有一故人白马将军，见统十万之众，镇守蒲关。我修书一封，著人寄去，必来救我。"不想书至兵来，其困即解。

【小桃红】洛阳才子善属文[19]，火急修书信。白马将军到时分，灭了烟尘[20]。夫人小姐都心顺，则为他威而不猛[21]，言而有信[22]，因此上不敢慢于人[23]。

（净云）我自来未尝闻其名，知他会也不会！你这个小妮子，卖弄他偌多！（红云）便又骂我！

【金蕉叶】他凭著讲性理《齐论》《鲁论》[24]，作词赋韩文柳文[25]，他识道理为人敬人，俺家里有信行知恩报恩。

【调笑令】你值一分，他值百十分，萤火焉能比月轮？高低远近都休论，我拆白道字辩与你个清浑[26]。

（净云）这小妮子省得甚么拆白道字？你拆与我听。（红唱）君瑞是个"肖"字这壁著个"立人"，你是个"木寸""马户”“尸巾”。

（净云）木寸、马户、尸巾，你道我是个“村驴屌”？我祖代是相国之门，到不如你个白衣饿夫穷士？做官的则是做官！（红唱）

【秃厮儿】他凭师友君子务本[27]，你倚父兄仗势欺人。齑盐日月不嫌贫[28]，治百姓新民、传闻[29]。

【圣药王】这厮乔议论[30]，有向顺[31]。你道是官人则合做官人，信口喷，不本分。你道穷民到老是穷民，却不道“将相出寒门”！

（净云）这桩事，都是那长老秃驴弟子孩儿[32]，我明日慢慢的和他说话。（红唱）

【麻郎儿】他出家儿慈悲为本，方便为门[33]。横死眼不识好人[34]，招祸口不知分寸。

（净云）这是姑夫的遗留[35]，我拣日，牵羊担酒[36]，上门去，看姑娘怎么发落我！（红唱）

【幺篇】讪筋[37]，发村[38]，使狠，甚的是软款温存[39]。硬打捱强为眷姻[40]，不睹事强谐秦晋[41]。

（净云）姑娘若不肯，著二三十个伴儅[42]，抬上轿子，到下处脱了衣裳，赶将来，还你一个婆娘！（红唱）

【络丝娘】你须是郑相国嫡亲的舍人[43]，须不是孙飞虎家生的莽军[44]。乔嘴脸、腌躯老[45]、死身分[46]，少不得有家难奔。

（净云）兀的那小妮子，眼见得受了招安了也[47]。我也不对你说，明日我要娶，我要娶！（红云）不嫁你，不嫁你！

【收尾】佳人有意郎君俊，我待不喝采其实怎忍[48]。

（净云）你喝一声我听。（红笑云）你这般颓嘴脸，则好偷韩寿下风头香，傅何郎左壁厢粉[49]。（下）

（净脱衣科云）这妮子拟定都和那酸丁演撒[50]！我明日自上门去见俺姑娘，则做不知。我则道："张生赘在卫尚书家，做了女婿。"俺姑娘最听是非，他自小又爱我，必有话说。休说别个，则这一套衣服也冲动他[51]。自小京师同住，惯会寻章摘句[52]。姑大许我成亲，谁敢将言相拒？我若放起刁来，且看莺莺那去！且将压善欺良意，权作尤云殢雨心。（下）（夫人上云）夜来郑恒至，不来见我，唤红娘去问亲事。据我的心，则是与孩儿是；况兼相国在时已许下了。我便是违了先夫的言语。做我一个主家的不著[53]，这厮每做下来。拟定则与郑恒，他有言语，怪他不得也。料持下酒者，今日他敢来见我也。（净上云）来到也，不索报覆[54]，自入去见夫人。（拜夫人哭科）（夫人云）孩儿，既来到这里，怎么不来见我？（净云）小孩儿有甚嘴脸来见姑娘！（夫人云）莺莺为孙飞虎一节，等你不来，无可解危，许张生也。（净云）那个张生？敢便是状元？我在京师看榜来，年纪有二十四五岁，洛阳张珙，夸官游街三日。第二日，头答正来到卫尚书家门首[55]，尚书的小姐十八岁也，结著彩楼，在那御街上，则一球正打著他[56]。我也骑著马看，险些打著我。他家粗使梅香十馀人，把那张生横拖倒拽入去。他口叫道："我自有妻，我是崔相国家女婿！"那尚书有权势气象，那里听？则管拖将入去了。这个却才便是他本分，出于无奈。尚书说道："我女奉圣旨，结彩楼，你著崔小姐做次妻。他是先奸后娶的，不应取他。"闹动京师，因此认得他。（夫人怒云）我道这秀才不中抬举，今日果然负了俺家。俺相国之家，世无与人做次妻之理。既然张生奉圣旨娶了妻，孩儿，你拣个吉日良辰，依著姑夫的言语，依旧入来做女婿者。（净云）倘或张生有言语，怎生？（夫人云）放著我哩。明日拣个吉日良辰，你便过门来[57]。（下）（净云）中了我的计策了。准备筵席茶礼花红，克日过门者。（下）（洁上云）老僧昨日买登科记看来，张生头名状元，授著河中府尹。谁想夫人没主张，又许了郑恒亲事。老夫人不肯去接，我将著肴馔[58]，直至十里长亭，接官走一遭。（下）（杜将军上云）奉圣旨，著小官主兵蒲关，提调河中府事[59]，上马管军，下马管民。谁想君瑞兄弟一举及第，正授河中府尹，不曾接得。眼见得在老夫人宅里下，拟定乘此机会成亲。小官牵羊担酒，直至老夫人宅上，一来庆贺状元，二来做主亲[60]，与兄弟成此大事。左右那里？将马来，到河中府走一遭。（下）

【注释】

①姑娘：姑母。

②下处：住处，所住的旅店。

③颜色：颜面、脸面。

④一答里：一起、一块儿，也作“一搭儿”。

⑤一马不跨双鞍：比喻一女不嫁二夫，当时习语。

⑥仁者能仁：仁德之人才能够行仁，语出《论语·里仁》：“仁者安仁，知者利仁。”仁：是儒家提倡的道德标准。这里是郑仁夸说自己品德行为高尚。身里出身：指能继承父业，这里是郑仁夸说自己世代相传门第高贵。根脚：根底，出身。

⑦噤声：呵斥对方，意为住口。

⑧亲上做亲：唐宋皆有中表为婚习俗，但古人已认识到近亲结婚不利于家族兴旺，金元时曾禁止中表通婚，故而红娘有此语。

⑨羔雁：小羊与雁，是古代男方给女方的订婚聘礼。《仪礼·士昏礼》记载，纳采、纳吉（即行聘）均用雁。羔，小羊，也是纳采礼物之一，《隋书·礼仪志四》曾载有“后齐聘礼……皆用羔羊一口，雁一只……”

⑩献币帛：纳财礼。问肯：遣媒人问女家许否，即求婚。

⑪洗了尘：即接风。恰洗了尘：刚从远方到来。

⑫腌：即腌臜，脏、污之意。金屋：华美的新房，用金屋藏娇故事，

据《汉武故事》载，汉武帝年幼时，姑母长公主把他抱在膝上，问他："儿欲得妇否？"他说："欲得妇。"长公主指着自己的女儿阿娇问他"好否"，他说："若得阿娇，当以金屋贮之。"后来武帝即位，果然立阿娇为皇后。银屏：银制屏风，即精美的屏风。白居易《长恨歌》："揽衣推枕起徘徊，珠箔银屏迤逦开。"

⑬梳云掠月：梳妆打扮。

⑭殢（tì）雨尤云：指缠绵不尽的情爱。尤、殢都是恋慕缠绵之意。

⑮三才：亦作"三材"，古以天、地、人为三才。语出《易·系辞下》："有天道焉，有人道焉，有地道焉，兼三才而两之。"判：分开。

⑯两仪：即天地。《易·系辞上》："易有太极，是生两仪。"孔颖达曰："太极，谓天地未分之前，元气混而为一，即是太初太一也。故老子云道生一，即此太极是也。又谓混元既分，即有天地，故曰太极生两仪，即老子云一生二也。不言天地而言两仪者，指其物体，下与四象相对，故曰两仪，谓两体容仪也。"

⑰乾坤：天地。古代神话传说认为天地原是混沌一片，宇宙就像一个大鸡蛋，盘古就生在其中，后开辟天地，"阳清为天，阴浊为地，盘古在其中，一日九变"。（《艺文类聚》卷一引《三五历纪》）

⑱屯合：聚合，包围。

⑲洛阳才子：本指汉代贾谊。据《汉书·贾谊传》记载："贾谊，洛阳人也。年十八，以能诵诗书属文称于郡中。"故而被称为"洛阳才子"。这里指张生，且张生本"西洛人也"。属文：作文章。

⑳灭了烟尘：即平定叛乱。烟：烽烟，古时边境遇外敌入侵，便会举火焚烟报警。尘：战场上扬起的尘土。烟尘：代指战争。高适《燕歌行》有："汉家烟尘在东北，汉将辞家破残贼。"

㉑威而不猛：威严而不暴戾，这是孔子门人对孔子的评价，见《论语·述而》："子温而厉，威而不猛，恭而安。"邢昺疏云："言孔子体貌

温和而能严正，俨然人望而畏之而无刚暴。”

㉒言而有信：说话诚实守信用，此指张生果然请到杜确，击退贼兵。语出《论语·学而》：“与朋友交，言而有信。”

㉓慢：轻视，不看重。

㉔性理：人性天理、事物之规律，程朱理学的一个重要范畴，这里泛指学问。齐论鲁论：是《论语》流传中的不同版本。《齐论》，即《齐论语》，是齐国学者所传的《论语》，已亡佚。《鲁论》，即《鲁论语》，为鲁国学者所传的《论语》，今之所传《论语》即《鲁论语》。

㉕韩文柳文：韩指韩愈；柳指柳宗元。两人同是古文运动的领导人和创作中坚，合称“韩柳”。

㉖拆白道字：一种字谜游戏，即拆字格，把一个字拆开说出，合而成文。清浑：清浊。

㉗君子务本：语出《论语·学而》，孔子的学生有子说：“君子务本，本立而道生。”务：致力，从事；本：基本、基础。

㉘齑（jī）：腌菜。齑盐日月：代指清贫的读书生活。

㉙治百姓新民、传闻：治理百姓有政绩、被传诵。新民：即“为民日新之教”，“谓渐致太平，政教日日益新也。”（《尚书·康诰》孔颖达疏）

㉚乔议论：胡乱议论，意犹胡说乱道。乔：有恶劣、假伪、歹恶等义。

㉛向顺：偏向、偏心眼。

㉜弟子孩儿：骂人的话。弟子：唐明皇时称歌伎为梨园弟子，宋元时称妓女为“弟子”。

㉝方便：针对不同的人，采取不同的措施，使之信奉佛教。方便为门：把方便作为普济众生的门户，即想方设法使众生信佛以脱离苦难。慈悲为本，方便为门，都是佛教基本教义。

㉞横死：非理为横；横死，即不得好死。

㉟遗留：遗愿，遗嘱。

㊱牵羊担酒：意指带着定婚礼物。

㊲讪筋：因羞恼而涨红脸，暴起青筋，有恼羞成怒的意思。

㊳发村：撒野，耍泼。

㊴甚的是软款：不知道什么是温柔体贴。

㊵硬打捱：硬，强行。打捱：语助词，无义。

㊶不睹事：没眼色，不懂事。

㊷伴儅：仆人。

㊸舍人：本是官职名，后宋元以来称官宦人家的子弟为舍人，意如公子。

㊹家生：卖身奴隶所生之子女在主家仍须为奴，叫“家生”。莽军：草莽军队。

㊺腌躯老：肮脏的身体。躯老：即身躯。

㊻死身分：该死的臭样子。身分：模样。乔嘴脸、腌躯老、死身分：这三句都是骂人的话。

㊼招安：招降，使归顺。这里指郑恒认为红娘被张生收买了，站在张生那边。

㊽凌濛初认为这两句均为反话，乃“红娘反语嘲恒也”，表面上是夸赞，实则是讽刺。

㊾上句用韩寿偷香之典，下句用何晏敷粉之典。此言下风头、左壁厢，都是拜下风、不是对手之意。

㊿拟定：肯定、一定。演撒：男女间对对方有意，俗谓勾搭上了，这里是郑恒的想法。

51冲动：打动。这里通过郑恒的话点出老夫人性格特点，同时也暴露出自己的丑恶嘴脸。

㊾寻章摘句：本指没有真实学问，只会从书本中摘取语句和片段，来拼凑文章。这里指抓住只言片语不放，即下言“姑夫许我成亲”之说。

㊿做我一个主家的不著：使我落个治家不当的罪名。

54报覆：即通报、禀报。元剧角色上场常自言“不须报复，我自过去”，使得演出更加紧凑。

55头答：官员出行时，走在前面导引的仪仗。亦作头达，即头踏。

56这是古代择婿的一种方式，杂剧中常演其事，即富贵官宦人家，临街搭起彩楼，小姐站在楼上抛彩球，中者为婿。

57过门：女儿出嫁，成婚，这里指郑恒到崔家成亲。

58肴馔：酒菜食品。

59提调河中府事：官名，掌管河中府事。提调：管理，指挥。

60主亲：主婚。

第四折

（夫人上云）谁想张生负了俺家，去卫尚书家做女婿去。今日不负老相公遗言[①]，还招郑恒为婿。今日好个日子，过门者。准备下筵席，郑恒敢待来也。（末上云）小官奉圣旨，正授河中府尹。今日衣锦还乡，小姐的金冠霞帔都将著[②]，若见呵，双手索送过去。谁想有今日也呵！文章旧冠乾坤内，姓字新闻日月边[③]。

【双调】【新水令】玉鞭骄马出皇都，畅风流玉堂人物。今朝三品职，昨日一寒儒。御笔亲除，将名姓翰林注[④]。

【驻马听】张珙如愚[⑤]，酬志了三尺龙泉万卷书[⑥]；莺莺有福，稳请了五花官诰七香车[⑦]。身荣难忘借僧居，愁来犹记题诗处。从应举，梦魂儿不离了蒲东路。

（末云）接了马者。（见夫人科）新状元河中府尹婿张珙参见。（夫人云）休拜，休拜！你是奉圣旨的女婿，我怎消受得你拜！（末唱）

【乔牌儿】我谨躬身问起居，夫人这慈色为谁怒[⑧]？我则见丫鬟使数都厮觑[9]，莫不我身边有甚事故？

（末云）小生去时，夫人亲自饯行，喜不自胜。今日中选得官，夫人反行不悦，何也？（夫人云）你如今那里想著俺家？道不得个“靡不有初，鲜克有终”。我一个女孩儿，虽然妆残貌陋，他父为前朝相国，若非贼来，足下甚气力到得俺家？今日一旦置之度外，却于卫尚书家作婿，岂有是理！（末云）夫人听谁说？若有此事，天不盖，地不载，害老大小疔疮[10]！

【雁儿落】若说著丝鞭士女图[11]，端的是塞满章台路[12]。小生呵此间怀旧恩，怎肯别处寻亲去。

【得胜令】岂不闻“君子断其初[13]”，我怎肯忘得有恩处？那一个贼畜生行嫉妒，走将来老夫人行厮间阻[14]？不能勾娇姝[15]，早共晚施心数；说来的无徒[16]，迟和疾上木驴[17]。

（夫人云）是郑恒说来，绣球儿打著马了，做女婿也。你不信呵，唤红娘来问。（红上云）我巴不得见他[18]。元来得官回来，惭愧[19]，这是非对著也。（末背问云）红娘，小姐好么？（红云）为你别做了女婿，俺小姐依旧嫁了郑恒也。（末云）有这般跷蹊的事！

【庆东原】那里有粪堆上长出连枝树，淤泥中生出比目鱼，不明白展污了姻缘簿[20]？莺莺呵，你嫁个油煠猢狲的丈夫[21]；红娘呵，你伏侍个烟薰猫儿的姐夫[22]；张生呵，你撞著个水浸老鼠的姨夫[23]。这厮坏了风俗，伤了时务[24]。

（红唱）

【乔木查】妾前来拜覆，省可里心头怒[25]。间别来安乐否？你那新夫人何处居？比俺姐姐是何如？

（末云）和你也葫芦题了也。小生为小姐受过的苦，诸人不知，瞒不得你。不甫能成亲[26]，焉有是理？

【搅筝琶】小生若求了媳妇，则目下便身殂。怎肯忘得待月回廊，难撇下吹箫伴侣。受了些活地狱，下了些死工夫。不甫能得做妻夫，见将著夫人诰敕[27]，县君名称[28]，怎生待欢天喜地，两只手儿分付与[29]，你划地到把人赃诬[30]。

（红对夫人云）我道张生不是这般人，则唤小姐出来自问他。（叫旦科）姐姐，快来问张生。我不信他直恁般薄情。叫见他呵，怒气冲天，实有缘故。（旦见末科）（末云）小姐间别无恙？（旦云）先生万福。（红云）姐姐有的言语，和他说破。（旦长吁云）待说甚么的是！

【沉醉东风】不见时准备著千言万语，得相逢都变做短叹长吁。他急攘攘却才来[31]，我羞答答怎生觑。将腹中愁恰待伸诉，及至相逢一句也无。则道个“先生万福”。

（旦云）张生，俺家何负足下？足下见弃妾身，去卫尚书家为婿，此理安在？（末云）谁说来？（旦云）郑恒在夫人行说来。（末云）小姐如何听这厮？张珙之心，惟天可表！

【落梅风】从离了蒲东路，来到京兆府，见个佳人世不曾回顾。硬揣个卫尚书家女孩儿为了眷属[32]，曾见他影儿的也教灭门绝户！

（末云）这一桩事都在红娘身上，我则将言语傍著他，看他说甚么。红娘，我问人来，说道你与小姐将简帖儿去唤郑恒来。（红云）痴人！我不合与你作成，你便看得我一般了。

【甜水令】君瑞先生，不索踌躇，何须忧虑。那厮本意糊突；俺家世清白，祖宗贤良，相国名誉。我怎肯他跟前寄简传书？

【折桂令】那吃敲才怕不口里嚼蛆[33]，那厮待数黑论黄[34]，恶紫夺朱[35]。俺姐姐更做道软弱囊揣[36]，怎嫁那不值钱人样猥胸[37]。你个东君索与莺莺做主[38]，怎肯将嫩枝柯折与樵夫[39]。那厮本意嚣虚[40]，将足下亏图[41]，有口难言，气夯破胸脯[42]。

（红云）张生，你若端的不曾做女婿呵，我去夫人跟前一力保你。等那厮来，你和他两个对证。（红见夫人云）张生并不曾人家做女婿，都是郑恒谎，等他两个对证。（夫人云）既然他不曾呵，等郑恒那厮来对证了呵，再做说话[43]。（洁上云）谁想张生一举成名，得了河中府尹。老僧一径到夫人那里庆贺。这门亲事，几时成就？当初也有老僧来，老夫人没主张，便待要与郑恒。若与了他，今日张生来，却怎生？（洁见末叙寒温科）（对夫人云）夫人今日却知老僧的是，张生决不是那一等没行止的秀才。他如何敢忘了夫人？况兼杜将军是证见，如何悔得他这亲事？（旦云）张生此一事，必得杜将军来方可。

【雁儿落】他曾笑孙庞真下愚，若是论贾马非英物[44]，正授著征西元帅府，兼领著陕右河中路。

【得胜令】是咱前者护身符[45]，今日有权术。来时节定把先生助，决将贼子诛。他不识亲疏[46]，啜赚良人妇[47]。你不辨贤愚，无毒不丈夫[48]。

（夫人云）著小姐去卧房里去者。（旦下）（杜将军上云）下官离了蒲关，到普救寺，第一来庆贺兄弟咱；第二来就与兄弟成就了这亲事。（末对将军云）小弟托兄长虎威，得中一举。今者回来，本待做亲。有夫人的侄儿郑恒，来夫人行说道，你兄弟在卫尚书家作赘了。夫人怒欲悔亲，依旧要将莺莺与郑恒，焉有此理？道不得个“烈女不更二夫”[49]。（将军云）此事夫人差矣。君瑞也是礼部尚书之子，况兼又得一举。夫人世不招白衣秀士，今日反欲罢亲，莫非理上不顺？（夫人云）当初夫主在时，曾许下这厮，不想遇此一难。亏张生请将军来，杀退贼众。老身不负前言，欲招他为婿。不想郑恒说道，他在卫尚书家做了女婿也，因此上我怒他，依旧许了郑恒。（将军云）他是贼心，可知道诽谤他。老夫人如何便信得他？（净上云）打扮得整整齐齐的，则等做女婿。今日好日头，牵羊担酒，过门走一遭。（末云）郑恒，你来怎么？（净云）苦也！闻知状元回，特来贺喜。（将军云）你这厮，怎么要诳骗良人的妻子，行不仁之事，我跟前有甚么话说？我闻奏朝廷，诛此贼子。（末唱）

【落梅风】你硬撞入桃源路[50]，不言个谁是主，被东君把你个蜜蜂儿拦住。不信呵去那绿杨影里听杜宇[51]，一声声道“不如归去”[52]。

（将军云）那厮若不去呵，祗候拿下[53]。（净云）不必拿，小人自退亲事与张生罢。（夫人云）相公息怒，赶出去便罢。（净云）罢，罢！要这性命怎么，不如触树身死。妻子空争不到头，风流自古恋风流。三寸气在千般用，一日无常万事休[54]。（净倒科）（夫人云）俺不曾逼死他，我是他亲姑娘，他又无父母，我做主葬了者。著唤莺莺出来，今日做个庆喜的茶饭，著他两口儿成合者。（旦红上，末旦拜科）（末唱）

【沽美酒】门迎著驷马车[55]，户列著八椒图[56]，四德三从宰相女，平生愿足，托赖著众亲故。

【太平令】若不是大恩人拔刀相助，怎能勾好夫妻似水如鱼。得意也当时题柱[57]，正酬了今生夫妇。自古、相女、配夫[58]，新状元花生满路[59]。(使臣上科[60]) (末唱)

【锦上花】四海无虞[61]，皆称臣庶[62]；诸国来朝，万岁山呼[63]；行迈羲轩[64]，德过舜禹；圣策神机，仁文义武[65]。朝中宰相贤，天下庶民富；万里河清[66]，五谷成熟；户户安居，处处乐土[67]；凤凰来仪[68]，麒麟屡出[69]。

【清江引】谢当今盛明唐圣主，敕赐为夫妇[70]。永老无别离，万古常完聚，愿普天下有情的都成了眷属[71]。

【随尾】则因月底联诗句，成就了怨女旷夫。显得有志的状元能，无情的郑恒苦。(下)

题目　小琴童传捷报　崔莺莺寄汗衫

正名　郑伯常干舍命[72] 张君瑞庆团圞

总目

张君瑞要做东床婿

法本师住持南赡地[73]

老夫人开宴北堂春[74]

崔莺莺待月西厢记

西厢记五剧第五本终

【注释】

①负：违背、背弃。

②金冠霞帔（pèi）：古代皇帝对达官贵人家的妇女给予封号，称为命妇。命妇随品级高低而有不同的仪节待遇。又称“凤冠霞帔”。金冠：凤冠、头饰。霞帔：五彩的披肩。

③新闻：新近传到……的耳边。日月：喻帝后；一说偏义复词，即日，指皇帝。

④将名姓翰林注：指姓名登录在翰林院，即做了翰林。

⑤如愚：外表看起来好像很愚笨，喻有德才之人，典出《论语·为政》：“子曰：‘吾与回言终日，不违，如愚。退而省其私，亦足以发，回也不愚。’”

⑥酬志：实现志向。龙泉：剑名，据《晋书·张华传》记载，张华见斗牛星之间常有紫气，问雷焕怎么回事，雷焕说是豫章丰城的宝剑“之精，上彻于天”，于是张华让雷焕当丰城县令，“掘狱屋基，入地四丈馀，得一石函，光气非常，中有双剑，并刻题，一曰‘龙泉’，一曰‘太阿’”。因剑长三尺，故名三尺龙泉剑。这里的三尺龙泉万卷书即谓书剑，指从军、读书，都是博取功名的两种途径，用来比喻壮志。

⑦五花官诰：朝廷册封五品以上命妇的文书，因用五色绫，故称五花官诰。七香车：七步宝辇，泛指贵妇人所乘的华贵香车。请：得到、接受。

⑧慈色：慈颜，对尊长的敬称，多指母亲。

⑨使数：用人，即仆人。厮觑：相互递脸色。

⑩老大小：即老大，很大。老为程度副词，大小为偏义复词。疔疮：

一种恶疮。这是当时俗语，为表白自己而赌咒发誓之辞。

⑪丝鞭：指女方招亲。古代戏曲小说中，女方于彩楼抛绣球打中男方后，即由女方向男方递送丝鞭，男子如接了丝鞭，便表示同意缔结姻缘。仕女：贵族妇女。图：指仕女美如画。

⑫章台路：汉代长安街道名，后以章台为风流之地、繁华游乐之地之代称，也有专指花街柳巷的。

⑬断：决断。君子断其初：当时成语，是说君子在最初一旦做了决断，以后便不再改变，意即君子言而有信。

⑭间阻：离间、阻碍。

⑮娇姝：美女，此指莺莺。能勾：即能够，能够得到之意。

⑯无徒：无赖、泼皮。说来的无徒：即说起这个无赖来。

⑰迟和疾：即迟早。上木驴：即挨千刀万剐。木驴，用剐刑凌迟处死的一种刑具，为带铁刺之木桩，下有四腿，形略同驴。先把犯人绑上木驴游街示众，然后行刑。

⑱巴不得：正盼着。

⑲惭愧：即谢天谢地。

⑳姻缘簿：注定天下人姻缘的簿籍。不明白展污了姻缘簿：这不是明明白白地玷污了姻缘簿吗？

㉑油煠（zhá）猢狲：油猾轻狂。煠：即炸。猢狲本来就轻狂，再加油炸，更多一层油滑。

㉒烟薰猫儿：比喻面貌污秽丑陋不堪。

㉓水浸老鼠：比喻鄙俗猥琐之状。姨夫：戏曲中把两男共恋一女戏称姨夫。周密《癸辛杂识》续集上“姨夫眼眶”条：“北人以两男共狎一妓则称为姨夫。”

㉔ 时务：当世之务，本指重大世事。这里指习俗、风尚，为当时口语，与上文“风俗”相对，伤时务意即败坏了当时风尚。

㉕省可里：省得，休要。可里：语助词，无义。

㉖不甫能：好不容易才。

㉗诰敕（chì）：即指官诰。敕：亦指皇帝诏书。

㉘县君：古代官员妇人的封号。这里“县君”，是泛指妇女封号。

㉙分付：交给。两只手儿分付与：即亲手交给。

㉚划地：平白的，平白无故的。赃诬：栽赃诬陷。

㉛却才来：刚才到来。

㉜揣：造谣。硬揣个卫尚书家女孩儿为了眷属：无故诬陷说卫尚书家的女儿成了我的眷属。

㉝吃敲才：骂人的话，意即该死的东西。敲：死刑的一种，即杖杀。口里嚼蛆：斥责对方胡说。

㉞数黑论黄：说长道短，搬弄是非。数：说也。

㉟恶紫夺朱：可憎的紫色夺去了大红色的地位，即以邪夺正。这句话意谓郑恒与莺莺成亲，夺去张生地位，是以邪夺正。

㊱更做道：即使是。囊揣：软弱，不中用。软弱囊揣连用，即软弱无能。

㊲朐（qú）：弯曲，一说肉干。㶉朐：因煮熟之虾蜷缩，故取其义。人样㶉朐：即像人样的畜生。

㊳东君：指春神，司春之神。此指张生。莺莺：双关，既指鸟名，又指莺莺小姐。你个东君索与莺莺做主：司春之神应当为春鸟做主，即张生你应当为莺莺做主。

㊴枝柯：枝条。嫩枝柯：比喻莺莺。樵夫：砍柴人，比喻郑恒。

㊵嚣虚：虚伪轻浮。

㊶亏图：指设圈套使人吃亏，即图谋陷害之意。

㊷夯：上下冲撞。

㊸说话：处置意。

㊹孙，孙膑；庞，庞涓。孙庞都是战国时有名的军事家。贾，贾谊；马，司马相如。贾马都是汉代大辞赋家。下愚：指卑贱的愚蠢之人。

㊺前者：指之前救普救寺于危难之中。

㊻不识亲疏：指郑恒不顾中表不得成亲的禁忌。

㊼啜赚：哄骗。良人妇：指莺莺已为张生妇。

㊽无毒不丈夫：为当时成语。指如果你没有胆量、没有决心处理此事，便不是大丈夫。这里是莺莺激励张生的话。

㊾烈女不更二夫：即一女不嫁二夫。更：改嫁。

㊿硬撞入桃源路：用刘晨、阮肇之事，意即刘阮二人与仙女相遇是两厢情愿，而郑恒之求婚是他自己自作主张，莺莺并不愿意，故云硬撞。

(51)杜宇：指杜鹃鸟。

(52)不如归去：词曲中多用为杜鹃鸟叫声。这里是告诫郑恒归去。

(53)祇（zhī）候：指供奔走服劳的差役，剧中泛指差役。

(54)这两句话为宋元成语，意谓只要活着就什么事都可以办；一旦死了，万事都休，就什么事都完了。这里指由生入死。

(55)驷（sì）马车：四匹马拉的车，为达官贵人所乘。门迎著驷马车：意即张生一举成名，终为显贵，典出司马相如之事。司马相如从成都去长安求官，经过成都城北升仙桥，在桥柱上题曰："不乘驷马高车，不过此桥。"后来相如果然被汉武帝任命为中郎将，出使西蜀。另也可指其家对人有恩德，使子孙发达。

(56)户列著八椒图：门上刻绘着各种花饰，指门第显贵。椒图：贵官大门上的装饰。

(57)题柱：指上所述司马相如题柱之事。

(58)相女、配夫：根据女儿的条件来配相称的丈夫。

(59)花生满路：比喻幸福美满、心满意足。

(60)使臣：皇帝派来的使臣。元代杂剧多以大团圆结局，剧末常会有皇帝派来之使臣上场，此为沿袭杂剧常例。

㉛四海无虞：指天下太平，没有纷乱。

㉜臣庶：臣民。庶：庶民，百姓。

㉝万岁山呼：即山呼万岁，臣子见皇帝时的一种礼仪，随着跪拜呼万岁、万万岁。

㉞羲轩：指伏羲和轩辕，羲、轩都是传说中的古代圣王。行迈羲轩：德行超过了伏羲和轩辕。

㉟仁文义武：犹言文治武功都符合儒家的仁义原则。

㊱河清：黄河水清。河：黄河。黄河水浊，古人以河水澄清为祥瑞，象征政治开明、太平富庶。

㊲乐土：安居乐业之所。语出《诗经·魏风·硕鼠》："逝将去女，适彼乐土。乐土乐土，爰得我所。"郑玄笺："乐土，有德之国。"

㊳凤凰来仪：凤凰飞来而有容仪，旧时认为凤凰出现是祥瑞之征兆，象征太平盛世。

㊴麒麟：瑞兽。麒麟的出现，也被认为是一种祥瑞，是天下太平的象征。

㊵敕赐：皇帝赏赐。这段话为当时颂圣例语。

㊶眷属：指夫妇。

㊷干舍命：白白丢了性命。

㊸南赡：即南赡部洲，佛教认为须弥山四方咸海之中有四洲：东胜神洲、南赡部洲、西牛贺洲、北俱卢洲。南赡部洲产赡部树，又在须弥山之南，故名。中国即在此洲。

㊹北堂：主母所居之处。